岩波現代文庫／文芸 314

黒雲の下で卵をあたためる

小池昌代

岩波書店

目次

鹿を追いかけて

目があうと、なんとなくこちらが照れてしまう動物がいる。例えば、馬、例えば、鹿、ロバや牛、羊の類も、そうである。

白目が目立たない彼らの瞳は、全体が茫洋とした曇りの日の海のようであり、暗いみずたまりのようであり、小さな宇宙のようでもある。人間のように言葉を持たないものだから、みずたまりは意味によって汚されておらず、混沌のままに残されている。彼らが何を思い、何を考えているのかは、わたしにはまったくわからないことだ。

しかし、その瞳には、時に、いきものとしての強さではなく、意外な「気の弱さ」のようなものが表れているような気がして、わたしはそこに惹かれてもいる。まつげに覆われた伏し目がちの濡れた瞳を見るにつけ、動物的な直感ですべてを瞬時に決定しているらしき彼らにも、時には動揺や迷いが生じることが、あるのではないかと思われてくる。

わたしたちが、よろこびよりも、むしろ悲しみを持っているようなとき、彼らの瞳は、その感情をよく吸い取って、まるで鏡のように自らの目に映し出し、そのことによって、わたしたちを慰めてくれているような気もする。

そういう瞳の持ち主は、猫などの肉食動物などよりもむしろ、草食系の動物のほうが多いような気がするが、どうだろう。

そうすると、きりんなどもこのなかへ入ってくるが、きりんの目というのは見た記憶がない(作家の堀江敏幸さんは『郊外へ』のなかで、このきりんと視線がかちあったことを書いている。場所は、パリのヴァンセンヌ動物園、きりんの柵の前のカフェテリア。「キリンに見つめられて目を逸らすというのは、なんとエロティックな体験なのだろう」と)。

ともかく、このきりんを含むある種の動物たちの濡れた瞳は、わたしたちの感情に働きかける不思議な力を持っているようだ。

幼いころ、日高の山奥の温泉場で一匹の鹿に出会ったことがある。

群れからはぐれてしまったらしく、山奥から一匹だけ、ふもとの温泉に降りてきていた。

わたしはまだ、六歳か七歳くらいの子供だった。どういうわけか、たったひとりでお湯につかっていた。鹿は温泉のふちに立って、わたしのほうを見たが、けっして湯のなかに入ろうとはしなかった。

わたしたちは一瞬、目と目を見つめ合った。怖かったが、わたしは不思議に冷静だった。冷静にさせるものが鹿のなかにあった。

鹿の目は、わたしを見ていたのであったが、わたしを含むこの世界全体を、まるくくるむようにぼんやりと見ていた。それはいってみれば、宗教的な瞳だった。

そういう視線に出会ったのは、初めてだった。ひとの視線の多くは、わたしという人間を世界から選別し、意味を与えるために、そそがれるものだった。あるときはやさしく、あたたかく、賞賛の意味を込めて。あるときは鋭く、きびしく、批難や叱責をこめて。

しかしそのときの鹿の視線は、わたしを選別するようなものではなかった。わたしを見ているのに、わたしを選ばない。むしろ、わたしの輪郭をとかし、わたしを世界のなかへとかしこみ、ふたたびそこへ送り戻すような視線。

そういう視線に見つめられたことで、わたしもまた、わたしでありながらわたしを解き、鹿を通して、鹿の向こう側の大きな「森」と対峙していたのかもしれない。

鹿と見つめ合った時間は、ほんの一瞬だったと思う。しかしそれは、永遠のような一瞬だった。長い長い時間が流れたように思った。気がつくと鹿は、ふいっときびすをかえし、暗い山のほうへ帰っていった。

こんな出会いがあったせいだろうか、わたしは鹿に、カミサマの「使者」としてのイメージを持っている。

具体的な贈り物を、もってきてくれたわけではない。しかしあのとき、鹿は一瞬の視線の交感のなかに、孤独の雫のようなものをたらして去った。

鹿も孤独だったが、わたしも孤独だった。その孤独は、生まれついたものが必然的に持つ、本質的な孤独だった。それを認識するもの同士が、初めてそのことによって、つながることができるような。

このあいだ、横浜で行われた詩と短歌の朗読会で、わたしは偶然、村野四郎の「鹿」という詩を聞いた。

歌人の岡井隆さんが、影響を受けた詩として、その日、選んでこられた一編だった。岡井さんの声を通して、わたしはこの詩を久しぶりに聞いたのだったが、村野四郎という詩人の詩をわたしはすっかり忘れていたばかりでなく、なぜかもう、この詩人の詩は読むこともないだろう、などと思っていて、その、理由も定かでない思い込みを静かにくつがえすように、その日、この詩が読まれたのだった。

鹿は　森のはずれの
夕日の中に　じっと立っていた
彼は知っていた
小さい額が狙われているのを
けれども　彼に
どうすることが出来ただろう
彼は　すんなり立って
村の方を見ていた
生きる時間が黄金のように光る
彼の棲家である
大きい森の夜を背景にして

そのとき、聴き手の手元には、詩が活字として配られたわけではなく、わたしは純粋に、この詩を声だけによって聞いたのである。

聞いたとき、ああ、わたしはこの詩を知っている、と思った。知っている、といっても、正確には、この詩の言葉を知っていたというわけではなかった。このように立っている鹿という動物を、遠い昔に、確かに見たという記憶があり、その「鹿」をわたしは知っている、と思ったのだ。

その「鹿」と、長い年月を経て、しかも、ひとの声のなかで再会した。それは、思いがけない幸福だった。それはまた、思い出すという行為のなかで、詩を読むことの幸福でもあった。思い出すためには、一度、すっかり忘れる必要もある。そのような経緯を経て、「鹿」はわたしにやってきたのだ。

この詩のなかで、鹿は、ハンターに自分が狙われていることをすでに知っている。次の瞬間には殺されているだろう。その一瞬前を生きている鹿である。死を前に、鹿の命は、たわめられたバネのように緊張の密度を高めている。射抜かれるはずの額の孔(あな)がすでに予感として、痛く感じられる。その「予感の孔(あな)」を通して、死と生が、ここに緊密に結び合っている。

黄金のように光っているのは、この一瞬を生きている鹿の生命でもある。しかもそのはりつめた輝きは、一瞬後には死ぬということによって、その認識によって与えられたもの。

　死が生を輝かせているのだろうか。生きていること、そのこと自体は、ただそれだけのこと、ひとつの現象であって、死がなければ生は「輝き」という価値を持ちえないのだろうか。

　鹿は自分の生命の終わりを知っているが、そのことを知っていても、どうすることもできないでいる。生きているものは、自分の生命について、本来ならば徹底的に無力なのである。自分の生命をいじることはできない。自分で自分の生を操作することはできない。

　そうして鹿は、深く、あきらめているように思える。ものすごく静かにカンネンしているのだが、もし、もっとずっと前に撃たれることがわかっていたとしたら、もうすこしあばれたり逃げようとしたり、きっと、じたばたしたに違いない。

　この詩においては、死の予感と、実際の死のあいだが、刹那のような短さだ。そこにサンドイッチのように、あきらめがはさまっている。あきらめというものが、驚くような軽さで、死の予感と死のあいだに、一瞬ふわりと浮かび上がっている。その、おごそかな軽さの感触に驚く。

　あきらめることって、本当は、長い時間をかけて、ゆっくりとじっくりとなされるものなんじゃないかな。でも、それができないときも、あきらめはあくまでも、予感、あきらめ、死という順番をくずすことなく、一瞬のうちに遂行される。そこには感傷が入り込む余地もない。

そして、予感することがなかったら、あきらめるということもなかった。すると、予感というものが、とても不幸な能力として見えてくるのだ。あらかじめ感じる、それは鹿という一個のいきものを通して見えてくる、村野四郎という詩人の、詩人であることの不幸の能力であるともいえる。

ちょっと嫌味を言ってみたくなるほど、短くて、とても、りっぱな詩である。寸分も言葉を動かしようがない。動かせば、ただちに鹿が撃たれてしまう。

道について

「知ってる道に出るとほっとしますね」

どんな会話の成り行きだったか、相手がそんなことを言ったとき、ほんとにそうだ、と思ったのと同時に、なにか深いところに思い当たるようなものがあった。それがなんであるのかわからないまま、その言葉が運んできたものの気配を抱いて、わたしは黙り、会話に不思議な間があいた。

「道」というのは、書いたり思ったり口に出したりするだけで、さまざまな思いが伸びていく言葉だ。ひとを通すだけでなく、想念をも通す。

地上にある、土地の裂け目としての一本の道。ひとがそこに立つとき、前と後ろに道が伸びる。どこから来て、どこへ行くのか。道はいつから道になったのだろう。

わたしは東京の江東区生まれである。大正十二年の関東大震災では大きな被害を受け、そのとき街の区画整理が進んだらしい。小さいころから、わたしは碁盤の目のなかに住んでいるようなものだった。わたしの知る道はどれもまっすぐで、生活圏のなかに曲がりくねった道というものは存在していなかった。ほとんどすべての目的地は直線に進み、直角に曲がることによって行き着ける。こういう単純で合理的な町の構造は、長年暮らすうちに、わたしの身体にすっかりしみこんだように思う。

やがてわたしは生まれた町を出て世田谷や渋谷に暮らすことになったが、そのときまず、とまどったのは、曲がりくねった道のつくる土地の構造だった。道の曲線に混乱させられて、自分が今、どの方角に向かって歩いているのか、皆目わからない。実際いつも思ってもみないところへ運ばれてしまうのだ。それを楽しむ余裕もなく、わたしはほとんど、山の手の地の、道という道を憎んでいた。

あのとき身体が感じたとまどいと違和感は、数年暮らした今もそれほど変わらない。道を歩くということとは、いったい、どういうことだろう。碁盤の目のなかに暮らしていたころ、わたしはひとつの道を歩きながら、同時に、その道の裏側に、平行して走る道があることを知っていた。ひとつの道がもうひとつの道と、どのようにつながっているのかを知っていた。自分がいま歩いている道と、その周囲に展開している風景を、実際にこの目で見定めながら、同時に、見えない裏道の風景を予測したり、想像することができたのである。よく知る町を歩くとはこういうことだ。頭のなかに縮小された町全体が入っていて、そのうえで目の前に現れてくる風景を感受している。

　自分の身体を何十倍にもふくらませたもの、それが暮らしている町の実感であり、同時にまた、自分が町を構成している細胞のかけらのひとつであることを、無意識のうちに感じている。

　慣れない町ではこうした複合的な散歩ができない。道を歩けば、その道がすべてである。場所という場所はばらばらに点在していて、それらがどのようにつながりあっているのかが見えてこない。現前の細部しか手がかりがなく、関係や全体がわからない状態というのは、どんなものごとを把握する場合にも不安感をひとにもたらすのではないか。

　こうしたときは、とにかく目印となるものにすがるしかない。あの黄色いビルが見えたら、そこを左へ曲がる。そしてひたすらまっすぐに歩く。すると、自動的に家へつく、というように。黄色いビルが倒壊したら、わたしは家へ帰れないのだ。実際、わたしは山の手に越してから、かなり長いあいだ、自分の家に帰るだけでけっこうなエネルギーを消耗していた。人工的で合理的な町のつくりであった碁盤の目のなかに長年住んだことで、動物的な方向感覚が次第に鈍化してしまったのだろうか。単にわたしが、方向音痴だったただけなのかもしれないが。

知っている道に出たときの、あの不思議にほっとする、あたたかい感じ。わたしたちはどんなに大人になっても、身体の奥に、迷子になることの恐怖をかかえて生きているのではないだろうか。

しかしどんな道も、いかなる町も、生きているひとと知り合うのに似て、少しずつ、だんだんと、なじんでくるものだ。

町の構造がようやく身体に入ってきたころ、「近道」とか「遠回り」という概念も入ってきた。目印だけを頼りに通っていた道が、案外、遠回りであることがわかったり、思い切って足を踏み入れてみた小路が、思いがけぬところへ抜けていたり。道を歩くことは、こうして全身をかけて土地を切り開き、土地にもぐりこみ、土地になじんでいく行為にほかならなかった。

知らない道が見知らぬ場所へひとを誘うのは当たり前だが、知っている道が見知らぬ場所にひとを運んだり、知らない場所がよく知る道に通じていることを知ることには、いつもささやかな感動がある。

道には知っていることと知らないことを結びつける機能が備わってもいるようだ。知っていることを伸ばしていけば、知らないところへ出る。知らないものを伸ばしていくと、知っている道に出る。

外国に旅に出ると、特に一人旅では、こういうことは明瞭に起こる。言葉の不自由さに加えて、土地そのものからはじかれている感じは、ひとを二重に異邦人にするが、それでもひとつの道が次第に親しい道になっていき、日々、見知らぬ場所へとひとを運び、再び宿へとひとを戻すとき、その道はひとにとって、水や塩に等しい、命をつなぐ脈ともなる。そうした道に付けられてある通りの名前を知ったりすると、道は、いつでも記憶のなかに呼び出せる、親しい友のような表情さえ表す。

初めての道に足を踏み入れるときは、いつも身体に緊張が走るが、すべての道は、二度目に通るときから、「知っている道」になることも面白い。当たり前のことだが、そのことはうれしい。二度目に通るとき、ひとは、今の道と記憶のなかの道の、二つの道を同時に歩くのだ。

以前、わたしの友人に、新しい記憶ほど剝がれ落ちてしまうという記憶障害を持っているひとがいた。そのせいなのだろうか、彼は何度来ても、わたしの家へたどりつけない。わからなくなったと、途中で電話が入る。障害のことをそのとき知らなかった。そのたびに駅まで迎えに行って、目印になるものを教えながら歩いたが、ついに、ひとりではやってくることができなかった。

わたしの祖母の呆けも、自分の家に帰れなくなったところから始まっている。

祖母も友人も、どれほどに自分がもどかしく、ふがいなく、心もとなく、不安だったことだろう。あのときは、ただ困った状況としてとらえるだけで、彼らの不安そのものには目が向かなかった。

行きたい場所へ、行き着けない——いま思うと、彼らの不安は、わたしの不安そのものに思える。不安はすべて、未来を先取りした途上に生まれ、その意味で、生きることはそのまま丸ごと、「不安」そのものだ、とわたしは思う。

子供のころ、迷子になったことがある。夏の朝、家の前の道を、ひとりでずんずんと進んでいった結果、とんでもないところへ出てしまったのだった。

気がついて見回した町並みは自分のまったく見知らぬ場所である。見知らぬひとが歩いている。見知らぬ自転車がとまっている。自分で勝手に歩いてきただけなのに、自分の帰るべき根元のようなものが、ぷっつんと音をたてて切れてしまったようだった。遠心力のような透明な力によって、理不尽に道端に捨てられたような気がした。わたしは、ひとりだった。あたたかい共同体からはじきだされて。こん棒で胸をつかれたような、激しい悲しみの感情がわいた。わたしは大声をあげて、泣いたのではなかったか。

今でも遊園地やデパートや公園などで迷子のアナウンスがなされると、その子供の不安が自分のなかで、同じくらいの大きさにふくらんでしまう。きっと誰かが迎えに来てくれるに違いないと思うが、そうしたアナウンスは、見つかりましたという結果までは流さない。とっさに脳裏に浮かぶのは、親から見捨てられた、永遠の迷子としての子供のイメージである。それが自分のなかの悲しみのようなものと共鳴する。

ここはどこ？　すべての迷子は、まずその疑問に射抜かれている。いつも暮らしている場所にいるとき、わたしはそんな質問をもったことがなかった。自分が生きている場所を見失う不安、それは自分自身を見失う不安のことなのかもしれない。ここはどこ？　というひとつの疑問は、わたしはだれ？　という次の疑問を容易に呼び出しそうな気配を持っている。

しかし、わたしは、自分が迷子になったあのときの、ひりひりとした、異様に新鮮な不安を、大人になった今、時々、味わいたいと思うことがある。見慣れたひと、見慣れた土地、いつもの習慣によって、かたちづくられた日常。それを不意に見失って、道の中央でボーゼンとしてみたい。迷子になることを恐れながら、同時に、迷子に期待する心がある。その心とは、いったい、なんだろう。どこから生まれてくるのだろうか。繋がらなければ生きていけないのに、繋がれば、その絆を切ってしまいたくなる。迷子というのは内的な危機なので、幼児のように泣き声をあげない限り、迷子であるかどうかは外側にはわからない。そう思って改めて眺めてみると、生きているひとが、わたしも含めて、みんな迷子に見えてくる。

電車に乗っていて、知らない町を通りすぎるとき、知らない道が、一瞬、さっと目の端に入ることがある。いま、走り去る電車から目にしただけで、おそらく一生涯、縁のない道だろう。そこを歩いていくもうひとりの自分を、想像するのがわたしは好きだ。

このわたしとはまったく違う人生を持ったわたしが、そこで、生き、暮らしている。——そんな気がして、身体を電車に乗せたまま、心だけを、未知の道に歩かせてみる。

川辺の寝台

車で移動中、運転していた友人が、この車、どうもパンクしているみたいだなと言った。予定を変更して、修理工場へ行くことにした。わたしは運転しないので、パンクしているかもしれない、という状態がどういうものであるのか、わからない。わたしはそれを知りたいと思う。しかしそれは運転手だけが知る微妙な感覚のようだ。おもちゃとは違って、どこかに穴があいていても、さすがにプシューッと、一気には抜けないのだ。それで、なんだか、どうもパンクしているらしい、という言い方になる。運転手でさえそんな具合なので、ただ乗っているだけの人間には、いつもとまったく変わりがないように感じられる。

「微妙なんだけど、違和感があるんだよ」

友人はそう言い、わたしはちょっと嫉妬を覚えた。「運転席」は特別なものであり、そのポジションに座るものだけが、いわば車と「じか」に関係を結ぶことになる。車の真髄は運転席にあるらしい。わたしもそれに触ってみたい。助手席とか後部座席に座っている者は、ただ運ばれているだけなのであるから、荷物とほとんど変わりはない。

「もし、パンクしているのだったら、これは危険ですよ」

修理工場に到着すると、修理工のひとが、すぐさまそう言った。あおりたてるようなところのない、落ち着いた静かな言い方だった。小柄なひとで、目の色が薄い灰色だ。白いつなぎの作業服を着ている。その服装も、顔つきも、声音も、車の修理を長年やってきたことを静かに証明するような感じである。

わたしはむかし、母が言ったことばを思い出した。

「雨が降っているときに、雨が降っているということをはっきりと思い出させてくれるようなひとの服装はいいわ」

雨の日のレインコートと長靴をうまく着こなしているひとは案外少ないものだ。それに現代は、雨が降っていても降っていないように生活することができる。役割を十二分に果たして美しい。そんな服装はいいと、母は言ったのだろう。そして修理工のひとの服装は、まさに雨の日の美しいレインコートで、そのひとはどこから見ても優秀な修理工に違いないと思われた。

「実はきょうはリコールで、ある車種が次々と入ってきています。それで修理に一時間くらいかかってしまいます。どうしますか」

どうしますかと言われても、パンクしているかもしれない車に乗って走り続けるわけにはいかない。ただ「乗るだけのひと」であるのに、わたしは「運転手」をさしおいて、すぐさま言った。

「ええ、じゃあ、そのあいだ、近所を散歩でもしてますから、直してください。よろしくお願いします」

わたしはそのひとを信用した。なぜだろう。初めて会ったのに。そのひとの声音を信用したのかもしれない。そのひとの服装を信じたのかもしれない。


車を置き、工場を出ると、午後はもう遅く、春というのにうすら寒かった。車というのは一枚の殻のようだ。自分たちの足で歩き出したとたんに、わたしたちは肌を一枚はがされて、いつもよりちょっと薄着になった気がした。身体というより精神のほうが。わたしたちは車になにかを守られていたのだろうか。

初めての土地なので、やみくもに歩く。交差点に立つと、右に杉並区の、左に世田谷区の表示がある。京王線が走っている。とりあえず、駅のほうへ向かって歩き出す。行き先のない散歩である。

途中、なんとなく道に誘われ、左に曲がって歩き出すうち、川のほとりに行き着いた。

川に沿って緑道が続いている。川も細いが道も細い。川は渓谷のように、道のずっと下を流れている。東京にこんなところがあったのか、と思う。陽がささないので緑道は暗い。

とぅるる、とぅるると、音をたてて、暗い川の水が流れていた。

川の流れがわずかに速さを増したかと思ったとき、突如、烈しい水音がたった。水はよどみながら鉄骨の壁につきあたり、その壁の下からさらに向こう側へ流れ落ちている。高い壁なので向こう側は見えない。壁の手前の一メートル四方を鉄柵が囲んでいて、その内側に、ようやくひとがひとり眠れるくらいの幅の、コンクリートの足場がある。そこにダンボールの敷き布団が敷かれ、毛布があった。どうやら浮浪者の住居になっているらしい。家主は、いま、留守である。

毛布の上端は少しめくれていて、ついさっきまで誰かが寝ていた生々しさがあった。天井はないが、張り出した樹木の枝々が、少しの雨なら、ふせいでくれるかもしれない。

しかしわたしがそのとき思ったのは、こんな烈しい水音のそばで、人間は眠れるものだろうかという素朴な疑問だった。その水音はひとをなぐさめる音というものから、はっきり、はみだしたものだった。大雨でも降らない限り、水量は増えないのだろうが、むしろここからなるべく早く逃げたほうがいいと、不安感をあおるような水音なのだ。

むかし、知り合いの絵本画家が、自然のなかで気がおかしくなった体験を話してくれたことがある。

彼はよくあるように、都会に嫌気がさして田舎のほうへ行ったのだったが、あるとき、川のほとりで流れる水を見ていた。

水面は、光に反射して、いつまでもきらきらとまばゆく輝いていた。彼はその「きらきら」にやられたのだという。とにかく神経がおかしくなった。そして再び東京へ戻ってきた。おかしいような、悲しいような話である。

美しい川の反射光に、どうして神経がやられたりするのか。しかし同じ町育ちのわたしには、そのしくみが、なんだか少しわかるような気がした。

あのときの自然は彼にとってもはや鑑賞するという距離をなくした、日常そのものと化していた。自然に自意識はない。ただ物理的に、どこまでも無表情に反射し続けるだけである。そういうものは、とてもつよい。むきだしになっている。ただ光るものを暴力とは言えないが、しかしその、物言わぬ現象が、ひとつの力であることはわかる。

そんなことを思い出しながら、水音を聞いていると、この烈しい水流も、自然による無言の脅しに感じられてくるのだった。

浮浪者も水音から逃れたくて、日中は他所をさまよっているのか。それにしても、寝るという、いわば全身を委ねる行為をこの烈しい水音の傍らで行うとは。

その行為が、修行にも、みそぎにも、わたしには思われて、そんな人の顔を見てみたいと思った。水音にすっかり洗い流されたような、目も鼻もない、白々としたのっぺらぼうが目に浮かんだ。

「いいのですか、この水音にがまんできるのですか、ここでほんとうに眠れるのですか」

いないひとに向かって問いかけながら、わたしはそこに一人の静かな狂人を立たせてみる。彼の頭のなかは、水音でいっぱい。想像しているわたしの頭のなかも、いつしか水音でいっぱいである。

「もうすこし先まで行ってみようよ」

友人にうながされて、階段をのぼると、緑道は不意に、そこで途切れていた。踏み切りがあり、京王線の小さな駅が目に入るころには、頭の水しぶきもいつしか静まって、緑道のことも、浮浪者のことも、明るい日の下に隠されて見えなくなった。

駅前には、おもちゃのような店が並ぶ。そのなかの、ドーナツ屋に入ることにした。

うんざりするような甘いヤツを食べたかったからだ。そして、希望通り、そういうのを食べた。おいしかった。ドーナツを食べ、コーヒーを飲むと、もう、わたしたちにすることはなかった。

「そろそろ、一時間になるよ。戻ろうぜ」

「うん、そうだね」

ずいぶん長く歩いてきたと思った。確かにもう、わたしたちがすべきことはひとつしかなく、それは修理工場へ戻ることだったが、戻ったならば本当に修理工場はあるのか、車は直っているのか、なにもかもが不確かなことがらに思えてきた。しかし工場はあり車は直っている。それをわたしたちは信じて疑わない。修理工のひとも、わたしたちが戻ることを信じて待っているだろう。信じる力が日常を日常として在らしめている。

わたしたちは、工場へ向かって歩き出した。

くぼみについて

ある日、白玉が食べたくなった。

白玉粉を買ってきて、白玉団子を作ることにした。白玉を知らぬひとのために申し述べておくと、このものは、お汁粉などに入っている、白く柔らかいお団子のことで、きなこや蜜を直接かけて食べてもおいしい。

作り方といっても、ただ、白玉粉に水を入れてこね、それを団子状にして茹で上げればよいだけなのだが、かたちに関して、ひとつポイントがある。

小さな団子に小分けしたものを、てのひらでひらたくした後、最後に親指のはらで、まんなかに「くぼみ」を入れるのだ。

これは、団子の中心に熱がよく通るように行うということだが、子供の頃は意味がわからず、次々とへこみを入れていく母の作業を、おまじないか何かのように面白く眺めていた。

大人になってみると、今度はそのくぼみを不思議に魅力あるものとして眺めなおすようになった。陶磁器のようになめらかな白玉のへこみには、エロティックでなつかしいものがあった。

沸騰する湯のなかに放りなげられた団子は、しばらくすると決意したように、ひとつずつ、すこしずつ、浮き上がってくる。それを待っている時間は楽しい。

重力にさからって、それ自体の力で湯の表面にたちのぼってくるもの。浮力というものは不思議にひとを感動させる。じっと見ていると自分の心まで、湯の表面に浮かび上がってくるような気がする。

浮くことがすなわち、完成であり、完成したものがそのように軽いこと。白玉の完成が、まるで白玉の自己放棄のように見えて、白玉が白玉になる瞬間に、わたしの目は静かに吸いよせられていく。

浮き上がった白玉は、ひしゃくで掬い取り、水のなかで冷やしたあと、最後にざるにあげる。団子の白い肌がつやつやとしている。みんなへこんでいる。くぼみが光っている。そのことを確かめると、白玉ができあがった。黒蜜をかけて、わたしは食べた。

へこみやくぼみに、ひとが惹きつけられるのはなぜなのだろう。

白玉が仮に、つるりとした完璧な球でも、それはそれでじゅうぶんに美しい。そのようなかたちを十とすれば、へこみのあるものは九に減じる。しかしそれによって、エネルギーも生まれる。九には、「あとひとつ」という可能性が残っている。そこに力が生じているのだろう。

くぼみにはまた、物語が生じる。何ものかの圧力によってへこんだという、原因と経過がそこに想像される。ものにも過去があり、過去があって、今ここに在る。わたしたちは、へこみを見つめることによって、そのような時間を見つめている。

あるいはまた、へこんでいるところに何かをつめこみたいという人間の欲望。へこみは、ひとの欲望を刺激する。そこにあらわれた受容性に、こちらの精神が、能動的に働き始める。へこみを見ると手で触りたくなる。触るとなんとはなしに心やすらぐ。

いつか、女ともだちの、思いのほか深いへその穴を見たことがあった。宇宙の穴のような美しいへそだった。吸い込まれるような感じがした。くぼみを見ると誘い込まれる。洞穴のなかで生まれたわけでもないのに、暗く囲まれた場所がなつかしい。胎児であった頃の記憶なのだろうか。くぼみのなかへ帰っていきたくなる。

水が穿った石のくぼみを見たこともあった。くぼみは、くぼんだものがなにものかと関係したことの痕跡だ。しかもその関係は、一方的に見える。関係が均等なものでなく、相互の力に差があるとき、そのとき初めて一方がへこむ。

へこむことは退行なのだろうか。負けなのだろうか。しかし、へこんでいるものじたいは、へこんだことでなにものをも抗議しない。ただ、へこんでいるだけ。くぼんでいるだけ。そこに現れた沈黙は、見るもののなかにも、沈黙のくぼみをつくる。自分のなかのへこみを意識すると、そこへ流れ込んでくるものの気配がある。

そして、何もないくぼみには、時折、宗教的なもののあふれを感じる。

詩人・石原吉郎が亡くなってから、今年で二十八年。戦後、シベリアに抑留され、過酷な捕虜生活を送ったひとだが、特赦により帰還したのち、詩を書き始めた。

彼の詩のなかに、「フェルナンデス」という一編がある。

わたしはこの詩が好きだ。初めて読んだのは、二十年近く前になる。意識的に読み直すということはないが、この詩を読まないでいるときも、詩は少しはなれたところを、ともに歩いているような気がする。

この詩人は、詩を机で書くということがなかったようで、この詩も歩きながら、頭のなかに書きとめられたもののようだ。だから彼の詩のリズムは歩行のリズムに似ているし、その詩の容量は、人間一人分の記憶が入る、頭蓋の大きさに質感が似る。確かに、書き付けられたことばを見る限り、一時的に記憶できる容量の範囲で、概して短い。それなのに、そこから行をはるかに超える、ふくらみと深さが生じている。人間の頭蓋は、宇宙につながっているんだなあと思う。

　全行を引用してみよう。

フェルナンデスと
呼ぶのはただしい
寺院の壁の　しずかな
くぼみをそう名づけた
ひとりの男が壁にもたれ
あたたかなくぼみを
のこして去った
　〈フェルナンデス〉
しかられたこどもが
目を伏せて立つほどの

しずかなくぼみは
いまもそう呼ばれる
ある日やさしく壁にもたれ
男は口を　閉じて去った
〈フェルナンデス〉
しかられたこどもよ
空をめぐり
墓標をめぐり終えたとき
私をそう呼べ
私はそこに立ったのだ

（詩集『斧の思想』より）


くぼみには温度がある。

この詩を読むと、自分が活字を読んでいるという気がしなくて、目を開けていても目を使わず、ただ、くぼみを手で触っているという感じがしてくる。

耳の穴も開いているのに、何も聞こえない。目と耳がふさがれて、自分にはただ触覚だけがかろうじて残されている、そんな「存在」そのものになって、この詩を触っているような気がしてくる。

フェルナンデスとは誰だろう。スペイン人の名前みたいだ。フェルナンデスと呼ぶのはただしいと、詩は理由も付けずに冒頭で断定している。日本語のなかに、日常のなかに、突然、斧で裂け目を入れられたような唐突さ。それなのにその強引さが、詩のなかで次第にあまやかなものに変化していく。

こんな男が、きっと確かにいたのだという、不思議にあたたかいリアリティがある。見えないけれども、そして、いつも彼は「いた」という過去の気配によってしか、現れてはくれないけれども、孤独である人間が、けれども、たったひとりではないことを、どこかで信じさせてくれるような存在感がある。ひとの生に随伴してくれる神という言い方は強すぎるとしても、静かな父性を感じる男である。

この詩には光があふれているが、その光に湿度はない。日本の風土とは切り離された、明確で強い陽光のように感じる。どこでもない土地のように見えて、いつか自分も、ここを通り過ぎることがあるのではないか。あるいはすでに通り過ぎたことがあるのではないか。そんな、なつかしい土のにおいもする。

寺院の壁とは石の壁だろうか。男ひとりがもたれたあと、石にくぼみができるなんて、この男は時間を越えて生きる者に違いない。男は自分の影をおとすように、壁にくぼみをつくり、そして去った。

これは、佐伯誠さんの本(『装われた野生』)で最近知ったことだが、ヘミングウェイの言葉に、スペインの夏の味わいをして、「影に入ると小さな死がある」というのがあるそうだ。フェルナンデスがいたくぼみにも、あたたかいのに、しんとして冷ややかな、そんな死の影が感じとれる。

彼は無口で、なにひとつ言葉を発したわけではない。残したものは、ただ、くぼみだけ。くぼみにあふれた沈黙だけ。

この詩は、やさしさを定義したもののようにわたしには読めるが、書かれているのは、「くぼみ」のことである。

やさしさとは、くぼみのように、跡として残されて、初めて、理解できるものであって、もしかしたら、やさしさが実践されているそのときには、感じることができないものなのかもしれない。

彫像たち

映画「パリ・ルーヴル美術館の秘密」を見た。ルーヴル美術館で働くスタッフたちの裏方の世界を紹介したものだ。教養映画とは感触が違い、収蔵作品の紹介はまったくない。この巨大な建物のなかで、どんな人間がどんな仕事をしているのか、一日、窓から差し込む光は、どのように床を照らし移動していくのか、公開され鑑賞される前の作品たちは、どんな時間のなかに晒されているのか——そうしたいっさいをカメラは説明なしに、ただ、たんたんと写し取っていく。

美術館では、常時すべての作品を展示しているわけではないから、時々、作品の並び替えや入れ替えを行う。そのたびに、たくさんの人間が関わりあう。選び、運び、展示するために、広い美術館内をあっちからこっちへ、始終、移動するひとの靴音が響く。

作業服の男たちが白い大理石の彫像を自分の脇に抱えて、次々と部屋へ運びいれるシーンがあった。彼らはそれを明快に仕事としてこなしていく。決してやりたくない仕事ではないが、かといってよろこびに満ちたものでもないというように。まるで丸太でも抱えるような無造作で軽々とした動作である。

運び人たちは、自分が運んでいるものがなんであるのか、よく知らないように見える。しかしもし十分に知っていたとしても、そのことであの無造作な抱え方に変化が現れるとも思えない。つまり、その中身がなんであれ、彼らにとっては「確実に運ぶ」ということのほうに主眼が置かれていて、それが見る者に清々しいものを運んでくる。

横抱きにされたまま移動していく、彫像たちの白く豊満な尻。美術館で「美」のお手本のように真面目に展示されている時とは違う、なまなましい官能性がそこから漏れてきた。普段はヒトビトの視線によって「美」とあがめられている権威的な美術品が、そこでは徹底的に「モノ」扱いされているのだった。

彫像たちの目は目というよりも、えぐられた何かの「跡」のようだ。しかしその跡をじっと見るうちに、それが彼らの(あるはずのない)内面とじかに結びついた感情の窓として見えてくる瞬間がある。そこから不意に涙がこぼれても不思議はないような気分になってくる。実際そんなことはありえないのだけれど、そんな錯覚を許してみたくなる。

長い年月をかけ、すべてを見尽くし、静まり返っている彫像たちの瞳。わたしたちが見ていないあいだ、彫像たちは、実はおしゃべりしたり、そこらじゅうを歩きまわったりしていたのではなかったか。ばかばかしいと思いながら、何度となくそういう夢想をしてしまうのも、あの決定的に死んだモノたちが見せ付ける、そうした一瞬の生命力のせいかもしれなかった。

彼らは人間の肉体のかたちをしているけれど、どこから見てもいのちのない、白い石の塊である。全体が死んでおりひんやりと冷たい。話しかけても答えるわけではない。そういうモノが、空間のなかに据えられると、まわりの空気をすっと吸い込んで、そこに紛れもない存在感を現す。徹底的に死んでいるから、一層完璧に存在そのものとなってなまなましく迫ってくる。

ずいぶん前のことだが、奈良へ旅をしたことがある。子供の頃から仏像が好きで、仏像の写真集はぼろぼろになるまで眺めたものだ。ちょうど大学時代の先輩の結婚式が京都であったので、そのかえりに奈良へ行って秋篠寺の伎芸天を見てこようと思った。ひとりで秋篠寺近くの茶屋のような旅館に予約を入れた。当日予定どおりに旅館についた。旅館といっても、みやげ物屋さんを兼ねた庶民的な宿である。ご主人らしきおじさんがひとり店に座っていて、名乗ったわたしを出迎えてくれた。

ほかに旅館の関係者はおらず、どうやら、おじさんひとりでやっているらしい。ガイドブックにのっていた旅館だったが、思ったよりずっと小さくひなびていた。季節はちょうど春だった。いい季節なのに、宿はしんとしている。泊り客は、わたしひとりであるということだった。

夕方到着したのだが、まず、風呂へ入れ、とおじさんが言う。

「お風呂は大きな岩風呂があるからね、それから夕食だよ」

なにしろ客が一人、しかし接待するほうも一人。手取り足取り、マンツーマンだ。おじさんはけっこうはっきりと命令した。わたしはさからうことなどできなかった。それでまず言われるとおりに風呂へ入ることにした。

おじさんはたくさんの鍵をじゃらじゃらと携えて、冷たい廊下をすたすたと歩いていく。

「ここだよ」

そう言って風呂場の前で立ち止まると、扉の鍵穴に鍵をさしこんだ。ぎしぎしと錆のこすれるような、さびしく妙な音がした。

「それじゃあね、ごゆっくり」

あいまいな微笑を残すと、風呂場の前からのろのろと立ち去る。その後ろ姿を見るともなく見ていた。わたしに見られていることを、どこか知っているような後ろ姿だった。

脱衣所のかごはしめっていて、触ると指先がかすかにべとついた。おおきな鏡の四隅はくもり、中央のところだけがわずかに顔を映す程度である。湯殿の入り口にある木の戸は重かった。すべりがわるく、両手で押しながらようやく開けた。この分では出るとき困ってしまうだろう。そう思って、半分、開けたままで入ることにした。脱衣所は湿気でしめってしまうだろうが、ここへ一旦入ったら、二度と出てこられないような気がしたのである。

それでもきちんと白い湯気はたちのぼり、豊かな湯が湯船から湯殿の床へあふれるようにこぼれ流れていた。しかし窓にはたくさんの蛾が、はりついたままに死んでいた。窓ガラスのくもりは湯気のせいでなく、古さと汚れのせいだと思われた。

湯は白濁していて底が見えない。勇気を出して身体を沈ませると、何のことはない、普通の風呂と変わりはなかったが、ただどこからか、誰かに見られているような感じがあった。どうにも落ち着かなく、顔を洗い、頭を洗い、そそくさと湯をあがった。

ついでにいえばシャワーは出なかった。

着がえてから、風呂場の外扉をがらりと開けると、なんとそこにおじさんが立っている。はっと見つめると、おじさんが言った。

「まだ、お部屋に案内していなかったでしょう。こちらですよ」

階段をのぼり、そのつきあたりにある部屋へ案内された。八畳くらいのたたみ部屋で、すでにふとんが敷いてある。

「ひとやすみなさったら、店のほうへいらっしゃい、夕食を準備しておきますから」

おじさんがつくったという夕食は、みそしるとごはん、ふきのとうのてんぷら、煮魚、さしみ、デザートは蕨もち。おいしかった。

本当にほかに誰もいないのか。そうだ、本当におじさんのほかに誰もいないのだ。おじさんは山下清によく似ていて、体格がよくずんぐりとしている。

「どこから来たの、そう、東京から来たの。へえ、そう、結婚式で」

おじさんと話すことはそれほどない。すぐに会話はとぎれてしまった。のんびりとしているようで、おじさんは視線の走らせ方が昆虫のようにすばやい。わたしのほうを時々窺うように見る。わたしはここでも次第に落ち着かなくなって、そそくさと夕食を終え部屋へ戻った。

部屋へ戻ってもひとりである。部屋の鍵は、ごく簡単なつくりの、穴に棒を通すといったたぐいのものだ。部屋のすみには記帳ノートがあって、さまざまなコメントが書き付けられてあった。悪い感想などひとつとしてない。楽しかった、また来ます、彼と一緒です。若いひとが多いようだったが、なかには中年と思しきひとの優雅な筆跡もあって、そこにもまた当然のように感謝のことばが記されている。

そんなものを見ているうちに眠たくなって、その夜はすぐにふとんにもぐりこんだのだが、夜中か明け方か、寝入ってかなりたった頃、とんとんとんと戸をたたく音がする。誰だろう。はっとして目覚め、今の音は夢ではなかったかと思った。しかし引き続いて、たたく音がする。とんとんとん、とんとんとん。やがて戸を押すような気配がして、穴に通された棒状の鍵がぎしぎしと揺れた。こんな夜更けにどういうことなのか。薄い戸のむこうを闇のなかで凝視した。それから気配が不意に静まり、すっ、すっ、すっと、廊下を遠ざかっていくスリッパの音が聞こえた。

おじさんだろうか。いやまさか。

秋篠寺の仏像のひとつが、夜半、わたしを訪ねてくれたのかもしれない。

朝になると、なにもかもがなかったかのように、まぶしい光が部屋にさしこんでいる。

「おはようございます。よくおやすみになれましたか」

店のほうへ降りていくと、おじさんが、奥からのそりと出てきて、ありきたりの挨拶で出迎えてくれた。

花たちの誘惑

今年の五月、誘われて、初めて根津神社につつじを見に行った。毎年、つつじ祭りが行われているそうだが、わたしには長年、縁がなかった。そういえば母も祖母も、季節の折々には、よく花を見に行く相談をしていた。彼女らにとって花は集うための口実などでなく、目的そのもの。本当に花が見たいようなのであったが、わたしには遠い境地だった。

思えばわたしの外出は、いままで人事が中心だった。花の開花は花の都合なので、花を見に行くということは、自然のリズムに自分を委ねるということになる。あらゆる物事を自分にひきつけるようにして生きてきた。しかし、こうして花を見ることは、それとは逆の行為なのだと気がついた。

自然のなかに自己を投げ入れる、こうした行いのほんの少しだけ先に死というものがあるような気がする。自分の死もまた自然の一部、そう思うわたしは、簡単にいえば年をとったということになるのだろうか。それでも、加齢にあらがうわけではないが、花を素直に愛でるにはまだすこし騒がしい部分が、わたしのなかには残っているようだった。落ち着かない違和感をかすかに覚えつつ、その日、満開のつつじの前に立った。

平日の午後という時間帯もあったのだろうが、中年以降の成熟した女性たちでいっぱいである。男性の姿は数えるほどしかない。いたとしても、みな、おつきの家来みたいに影がうすい。女性たちは明るく楽しげな笑顔を満開にして、つつじの美しさをほめたたえている。子育てを終え、ようやくできた時間で、いま、花々を愛でている、一見、そんなふうに見える光景である。でも、何かどこかに、そういう「現実」とずれる部分が感じられた。

彼女たちは、実はどこか深いところでにんげんに倦んでいて、そのこころが植物を愛するこころと響きあっているのではないか。そもそも植物を愛するこころのなかには、深い虚無のようなものがあるのではないか。つつじ祭りとは実は生きるものたちが必死でうっている、おおがかりなお芝居なのではないか——そう思うと、この世が巨大な劇場のように思えた。

菊という花がある。どこにでもある平凡な花である。でも、どこかしら、気の毒な花でもある。さまざまなイメージがはりついていて、そのイメージのために、菊は花として純粋に愛されるよりも、記号のようなものとして利用されることが多いような気がする。もし、菊が口を開けてしゃべりだしたら、そんなイメージに反逆して、きっと、おどろおどろしい思いのたけを毒舌をもって語りだすにちがいない。

そもそもは中国の原産で、奈良時代のころに日本に入ったらしいが、いまではすっかり日本の代表花。仏事には欠かせない花であり、天皇家のシンボルの花でもある。また、白菊会といえば、献体組織の名称だ。死をイメージすることなくして、白い菊を愛でることはできないだろう。

以前、中国人の友人が、わたしの家に遊びに来るときに、コンビニで買ったという花束を持ってきてくれたことがある。ちょうどお盆の時期だった。花束を見て、あっと思った。それは菊が何本か入った仏花セットだったから。彼はもちろんその意味を知らず、ただ清楚で素敵な花束と感じ(値段も見合うものだったので)買ったのである。

わたしが、菊の花に感じ続けてきた一種のタブーを彼はあっけなくやぶってくれたのであったが、その瞬間、あの世的なものが簡単にこちら側へ渡ってきた。そして、こちら側と思っていたところが、花束によって一気にあの世的な空間に染められた。

花束ひとつが空間を変えたのだ。まるで舞台の小道具のように。

　また、あるとき、わたしは明治天皇と昭憲皇太后が祭られている明治神宮の宝物殿で天皇家の御物を見たことがある。

　なかに、「御鏡面」と書かれた古い鏡が展示されていた。鏡は半円のかたちをなし、まわりが銅製の菊の花の飾り物でおおわれている。さまざまな菊の花と葉っぱが、からみあうようにデザインされていて、分厚い花びらがわざとらしくめくれあがっているものもある。ドキッとした。

　あれっ、菊って、こんな生々しい花だったかしらと、改めてその艶めかしさを見つめたものだった。オブジェとしての菊の花は権力とむすびついたことで、独特の色気のようなものを発散していた。

　説明書には、鏡は、お召艦「迅鯨（じんげい）」の御座所に備え付けたもの、とあった。明治天皇は何度かこの鏡のなかに自分の顔を映して見たことがあっただろう。菊の花たちにそのまわりを縁取らせて。

　彼はこの菊の意匠をとても気に入っていたらしい。鏡のなかの、菊の花に囲まれた天皇の顔。それはそのままで、額縁つきの肖像画のようだ。鏡を見るたびに確認されただろう、己は天皇であるという精神の位置を信じさせるような重力が意匠としての菊に感じられた。

菊の花で思い出すのは、中山義秀の「厚物咲」という小説である。「厚物」というのは、小説中の言葉を借りれば、「花弁のがっしり盛り上って雄渾な味わいのする平弁」とのことで、大菊の一種をいうようだ。

菊づくりに天才を持つ初老の男・片野と、その友・瀬谷の二人が主人公。菊という象徴を通して、片野という一人の男の生涯が透けて見えるような仕組みになっている。

「日本のあらゆる花卉（かき）の中で菊ぐらい人工の限りをいたしそれだけまた作り人の心を柔軟に発揮する物はない」という菊の花は、「あのように心の汚い片野の手から……どうして咲きでるのか」と書かれるほどに美しい。

片野は、実生活では完全な落伍者。薄情で吝嗇でめめしく女好き。最初の妻を見殺しにするようなかたちで亡くしたあと、のち添えをもらうが、やがて逃げられ、最後に未亡人に恋をして簡単にふられ、それを遠因として自殺してしまう。

彼が死後に残した白菊は、ひそかに彼の才をうらやむ瀬谷によって展覧会に出品され、好事家連を驚倒させる。

しかし瀬谷は、「非情の片意地を培養土にして厚物の菊を咲かせるより、花は野菊の自然にまかして孫たちのお守りをしながらもっと人間らしい温かな生涯を送ったがましだ」と思うのである。

　菊の品評会なるものをわたしも何度か見たことがある。たしかにそれは人工美の極致だった。その時期にあわせて調整され去勢され、傲慢に遠慮もなく、まさに充実しきって咲いていた。

　それはもはや、美しいとか、すばらしいとか、簡単に言えるようなものではなかった。ここまでに育てたひとの犠牲というものを考えなければ見ることはできなかった。


　かつてわたしの隣人に、偏屈なところだけは、あの片野にとてもよく似たひとがいた。年は片野よりずっと若い。四十をすこし越したくらいだっただろう。奥さんと二人だけの生活で、子供がおらず、おまけに仕事もしていないようで、朝から晩まで思うがままに、植物の世話にあけくれていた。

　ひとが訪ねてくる気配もなく、郵便のたぐいが届く気配もない。泊りがけで家をあけるということもせずに、とにかく一日中じっと家にいる。そして毎日、規則正しく、水やりの音や鋏で枝を切る音が聞こえてきた。

　時々、近所の子供の遊ぶボールが隣家の庭へ入ってしまうことがある。草花にあたったりでもしたら大変だ。塀越しに恐ろしい怒鳴り声が聞こえる。

「このやろう、大事な花を傷つけやがって」

太い、陰湿な、独り言のような声である。しかし、けっして顔を見せない。どうやら、ひとをさけているような感じだった。もしかしたらにんげんが怖いのかもしれなかった。ただ、その咲かせる花や草木は、彼の手にかかるとみごとに繁殖し、いつも通るひとの目をとめさせた。

　きれいに咲きましたね、思わず、そんなことを言ってみても、彼から言葉が返ってきたことはない。あいさつをしても、いつも無言である。そのうちにこちらも姿を見ても無言で通り過ぎるようになってしまった。

　作業中の彼を認めながら、黙ってその後ろを通り過ぎる。通り過ぎるとき、なにひとつ言葉をかわさないのに、何かとても濃い感情が行き来するような気がした。

　彼は花に淫するうちに、言葉を失い、無言の世界の住人になってしまったのかもしれない。花を見ていればどんなひとも自然と無口になる。彼の無言と花の無言には、同じ空気の感触があった。

　しかし、花が言葉をしゃべらないといっても、それはにんげんの話すような言葉を持たないだけで、花には花の言葉のようなものがあると考えることもできる。花が無口というよりは、花は、にんげんの言葉を、いつも吸い取るようなものとして存在していて、結果として、そのまわりに無言の風景が広がっているだけではないのか。人と植物とのあいだには、言葉に代わる濃密な関係が、見えないレベルで通っているような気がする。

植物に関わることを隠居仕事のように思うひとがいるかもしれないが、花でも、そのほかのものでも、育てるということには神経をすりへらすような部分がある。いのちあるものと関わることは、それによってこちらのいのちも活性化するが、同時にはげしく消耗もする。花を育てるのは精神的に意外に烈しい作業だと思う。

わたしにもまた覚えがあるが、なんとしてもこの花を咲かそうというときなど、いつも頭から花のことが離れない。水やりや日当たりのことが気になって、泊りがけでどこかへ行こうという気すらおこらなくなる。いつも花を注視していたいという、我執ともいえるようなこころがわきおこってくるのだ。花には確かに魔物がついている。

だから、隣人を、うっとうしい変人だ、といまいましく思いながらも、心の底では、わたし自身と同類なのではないかとさえ思っていた。「厚物咲」の瀬谷もまた、最後に片野の凄まじい人生を否定しつつも、本意では、自分との深いつながりを認め、ひそかに羨望さえ感じていたのではなかったか。

秋になると、隣家の玄関前には、毎年、プランターに植えられたみごとな黄菊が、ずらりと並んだ。どうやってそこまで育てたのか、過程はまったく見えなかった。例によって、ひそかに、じっくりと育てあげたのだろう。その長い言葉のない時間を思って、わたしは菊を穏やかに愛でるだけの気分にはなれなかった。

隣人は花の結果だけを、いつも見せ付けるように、通り沿いに置いた。自分のこころは閉ざしながら、みごとに開花した花だけは、しまいこまずに往来に広げる。だれかに花を見てほしいのだ。見る、見られる、菊を通して行き来する、その視線だけに自分をかけて、そこでようやく他の人とつながっているという実感を得たいのだ。

ある朝のことだった。そのみごとな菊の花の部分だけがすべて切られて、むざんなことになっていた。切られた花の頭部は地面に落ち、茎と葉っぱだけが、ぶきみに揺れている。

残酷な仕打ちだった。誰の仕業だったのか。あいさつしても無視するような隣人だから、うらみを持たれていたのだろうか。

彼の心中を推し量って、わたしは、ぞっとしたり、かわいそうに思ったり、でも、心の奥ではちょっといい気味だと思ったりした。

菊が無残に刈られた日、彼の家はとても静かだった。水をかける音も、枝を切る音もしなかった。彼が居る気配も奥さんが居る気配もない。まるで、家全体が、一本の無口な菊の花のようで、そのまわりを異様な静けさが取り囲んでいた。誰が亡くなったわけでもないのに、まるで家全体が忌中にあるかのような静けさだった。

虎と生活

虎の映画なんだけど、けっこう評判がよくって、これが泣けるらしいんだ。宇佐美さんが電話をかけてきて、そう言った。

見に行くことにした。行くことにはしたものの、その、泣けるという映画に、それほど興味はなかった。それよりも、宇佐美さんに久しぶりに会って話でもしたい。

宇佐美さんは別にすごいことを言うようなひとではないが(むしろすごいことなど、決して言わない)、会うと、肩こりがとれるという感じのひとである。しかし癒し系などとは決して呼びたくない。宇佐美さん自身、ひとを癒そうなどと、一度だって考えたことはないはずである。

宇佐美さんはわたしをよく映画に誘ってくれる。B級映画好きで、しかし、その八割は、わたしの好みからははずれていた。この前観たのは、「新・O嬢の物語」。東銀座の、汚水の流れる暗い地下道を通って、その映画館へ行った。「新」とつくものにろくなものはないのだ。O嬢は、ダニエル・シアーディという新人女優によって演じられていた。

映画という時間の枠のなかで、主役を凝視していると、どういうわけか、最初、それほど魅力的にも思わなかった俳優も、何らかの魅力を開示してくるようになる。映画が終わるころには、一方的なのだが、顔見知り以上の親しい者となっている。普段、そういうふうにひとを見ないので、それは映画のからくりだと思う。あんなふうにひとを見ると、好きになってしまうのだ。そして、その程度には、わたしもO嬢に好意を持たないわけでもなかった。だが、調教されていく場面など、学芸会か紙芝居のよう。やっぱりO嬢は原作を読んで妄想するのが一番だと思う。

そんなことがあったので、その泣ける虎の映画というのにもまったく期待はしていなかった。

宇佐美さんは五十を過ぎているが、いま、独身で、少し前まで詩を書いていた。そのころは奥さんも子供もいたのに、会ってみれば、いつのまにかひとりになっており、仕事もなぜか酒屋にかわっていた。宇佐美さんは酒が一滴も飲めないというのに。

彼は初めて会ったひとがあっと(内心で)驚くような怪奇的異貌の持ち主である。見るのが早いのだが、見せるわけにもいかないので、ちょっと説明してみようか。

まず、全体を言えば、五頭身。頭が長く大きくて、頬が常に紅く健康的(お化粧をしているみたいに見える)、まつげが長く(キューピー人形にうり二つだ)、色が白く(唇の赤さがめだつ)、まゆげが濃く長い(前方につきだしているほど)。ほどよくまばらな髪が頭皮を覆い(最近、禿げが急速に進んだ)、口元には常に笑みが浮かぶ。性格は温厚で人情に厚い。頼まれたら決していやとは言わず、何でも引き受けるので、損ばかりしているようなひとだ。そして人の悪口を決して言わない。――こんなふうに書いてみると、宇佐美さんは天使だ。見ているだけでひとを微笑みに誘う。改めて思うに、稀有な存在である。

さて映画は、「トゥー・ブラザーズ」という題名で、ふたごの虎の物語だった。子虎のころに片方の親を殺され、一匹は動物園へ、一匹はサーカスへと引き離された彼らが、その後、劇的にも再会し、ジャングルに戻るという話。かわいい男の子とのふれあいもある。しかし涙はこぼれなかった。

どうだった？　と聞くと、宇佐美さんは、

「うまくつくってあるなあ。実によくできてるよ」

野生の虎をあんなふうに撮影するのは確かに大変なことなのかもしれない。

見終わったあと、妙なおもみが身体に残った。言ってみれば抽象的な虎のおもみで、こんなふうに映像で長く虎を見続けると、ひとは虎的身体になってしまうのかもしれない。内臓の奥のほうに、誰かが金の塊でも置き忘れていった感じ。妙な重量感が残っている。

のっしのっしと歩く姿や、獰猛な瞳、隅々にまでぎっしりとものがつまった、実に充実感のあるその身体。わたしはすっかり虎にほれてしまった。物語そのものは退屈だったのに、虎のおもみは収穫だった。

どうだった？と宇佐美さんに聞かれる。「おもしろかったよ。虎って魅力があるね」とわたし。それはセクシュアルな魅力であったが、じっと「虎」のことを考えていると、虎の具体がとけて、そこからさまざまな抽象的概念――例えば神秘、例えば権力、例えば黄金――が、混ざり合いながら流れだす。バターのように。虎というのは、何かとてつもないものの塊である。

虎といえば、ブレイク。Tiger! Tiger! と鋭い呼びかけで始まる、あの詩を思い出して、本棚から翻訳を探した。

虎よ！　虎よ！　あかあかと燃える
闇くろぐろの　夜の森に

どんな不死の手　または目が
おまえの怖ろしい均整を　つくり得たか？
（寿岳文章訳『無心の歌、有心の歌――ブレイク詩集』より）

虎的身体になったわたしには、この詩の言葉がよくわかる。虎にはどこにも空虚なところがない。不埒な生命の塊という感じがする。黄金色した、恐ろしいエロス。あの力の一滴が授けられたのなら、わたしだって千里の野を疾走できそうだ。いままで遠かったこの一編が、まるで虎のように身の近くに忍び寄った。

また、虎といって誰もが思い出すのは、中島敦の「山月記」だろう。こちらの虎は、ブレイクの虎のような神秘のリッチな虎でなく、孤独で狷介な精神の象徴である。

昨年出た、勝又浩『中島敦の遍歴』のなかには、山月記批判として、古屋健三氏の論が紹介されている。古屋氏が突くのは、「山月記」の甘さであり感傷性で、氏は論考「中島敦――肉体の喪失」のなかで「二流の詩人（小池注・李徴のこと）が人喰虎だなんて、すこし詩人を買いかぶり過ぎてはいないか。詩人にふさわしいイメージといえば、せいぜいげじげじとか、むかでとか、くもとか、間違っても愛されることのない下等な虫どもではないか。それを虎などという高貴な動物をもち出してくるのは、まだ己を大事にしすぎている証拠ではないか」と書く。

しかし、勝又氏も言うように、「山月記」は虎以外にはやっぱり考えられない。己の精神でもコントロールできない獣性によって、相手が誰であろうと、そのひとを食ってしまうかもしれないという悲しい可能性を持つ生き物は、むかででも、くもでもなく、虎でなければならないだろう。引き裂かれる自己を体現する動物として虎がいるのだ。

友人の袁傪（えんさん）が虎となった李徴の詩に感じる「直感」は、劇しく悲しいものである。

「なるほど、作者の素質が第一流に属するものであることは疑いない。しかし、このままでは、第一流の作品となるのには、どこか(非常に微妙な点において)欠けるところがあるのではないか」

李徴の作品にはなにが微妙に欠けていたというのだろう。妻子をかかえながら仕事を退き、詩作にふけるが苦しくなる生活に、再び勤務を始める李徴。その中途半端な気の弱さ。しかし尊大なる羞恥心ゆえに切磋琢磨せず、人と交わらず、結果として孤高に見えてしまう位置に自己を置き、あげくの果てには発狂してしまった。

ここでもまた、芸術と生活は、相反するものとしておかれている。けれど、わたしは最近考える。そのふたつを貫くものとしてのひとつの自己を考えることはできないのだろうかと。例えば、谷川俊太郎が永瀬清子という詩人を称して、「妻であり母であり農夫であり勤め人であり、それらすべてでありつづけることによって詩人である……」と書いたように、すべてを貫くものとしてのまったき自己を。

詩人である自分を一番大事にするあまりに、「引き裂かれる」という言い方が出てくるのだろう。詩人というのは厳密には「状態」をさすことばで、本質的には、固定した「肩書き」にはなじまないものだと思うし、二十四時間詩人であり続けるひとはいない。

そう思いながらも、わたしもまた、詩を書く自分を一番大事に考え、その自己を守ろうとして軋轢をつくり、あがいているのかもしれないという気がしてきた。

「もう、詩はやめたよ。いまは書いていないんだ」。映画のあと、宇佐美さんは言った。なぜ、詩をやめたの。なぜ、ひとりになったの。なぜ飲めないお酒なんかを売ることになったんですか。そう聞きたいのをためらっていると、宇佐美さんが言った。「最近はビールが飲めるようになったんだぜ。飲みにいこうか」。いいよ。

夜の街のなかへ、わたしたちは、ふらふらと歩き出す。二匹の虎。闇夜にきれいな半月が出ている。

雑踏の音楽

渋谷の交差点で信号を待っているとき、ベートーベンの第九交響曲・四楽章のコーラスが、どこからか、突然、頭上へ降ってきた。

おそらく何かの宣伝用に、スピーカーから流れてきたのだろう。はっとして、あれっ、第九が鳴っていると思ったとき、信号が青になり、対岸の人の群れが一斉にこちらへ向かってきた。

渋谷はいつもうるさい街だ。いたるところで音が鳴っている。人も多い。歩けば必ず誰かにぶつかる。わたしはこの町に来ると、さしたる理由もなく、あたりを歩いている人間が嫌いになることがある。用事を済ませたらただちに抜け出したい。そう思う、自分の荒廃した心に驚く。

特に駅前の交差点は恐ろしい。四方八方から人が合流する。先頭が触れ、やがて混ざり合い、混ざり合った後は溶け合うこともなく、人々はまた、ばらばらに別れていく。

あのときもわたしは、交差点を、いつものように緊張と嫌悪感を抱きながら渡り始めるところだった。そこへ第九が流れてきたのである。そのとき鳴っていたのは第九だけではなかった。ロックに電子音楽、激しいドラムの音、走っていく車の音、ブレーキの音、救急車のサイレン、ものが割れる音。

第九のメロディーは、その喧騒のなか、まんなかを射抜くように、まっすぐにわたしの胸へ響いてきた。

とりわけ大きな音で鳴っているのではなかった。他の音を排除するような鳴り方ではなく、それでいて、最初からそれだけが選ばれていたかのようにコーラスは聞こえた。不思議なことだ。

自分のいる空間が奇妙にねじれ、シブヤの交差点が、突然、一挙に、何か聖的な光を帯びたように感じた。

第九というのは年末によく演奏されるが、わたしはとりたてて興味はないし、頻繁に聞き返すような熱意も持っていない。ただ人の声の束というものは迫力があるし、やっぱり力のある壮大な人間の音楽だと思う。

しかしわたしが、あのとき驚いたのは、第九交響曲の偉大さに対してではなかった。

それよりも、第九が鳴っている空間に対して。普段の日常が一瞬にしてぱかっと割れたように感じたのであった。

第九には救急車のサイレンがよく似合った。まったく別のリズムを刻んでいるドラムが不思議に調和していた。ひとの声や、自動車の騒音。そうした雑踏の雑音すべてが主軸になるメロディーに一瞬、合一し、ぴたっと重なり合ったように思った。へえ、第九って、懐が深い音楽だったんだなあとも、わたしは思った。

コンサート会場などでは、携帯電話の呼び出し音などは、とんでもない雑音として嫌悪されるのに、あのときはすべての雑音が、第九を中心として一大交響曲を奏でていた。そしてそこに不思議な調律の力が働いて、わたし自身を含む交差点という場所が聖堂のように感じられたのである。

時々、演奏会へ足を運ぶ。ずいぶん前から予定して切符を用意し、心待ちにしてそれを聞きにいく。交差点の音楽は予定されたものではなかった。わたしは聞こうとして聞いたのではなく、それが偶然、聞こえてきたのである。

聞こうとして聞くとき、音や音楽がなかなかこちらに入ってこないことが多いのに、それがたまたま聞こえてきたようなとき、虫の声でも、鐘の音でも、ラジオから偶然流れてきた音楽にしろ、心にしみるということがあるのは不思議なことだ。意識の壁がないからなのだろうか。不意をつかれて感覚がとがり、それによって一層心が鋭敏に反応するのだろうか。

それにしても、本来ばらばらなものが無秩序にあふれている日常のなかに、こうした調律の一瞬が現れるということは、ひどく面白い。

忌まわしい交差点が、一瞬、劇的に変化したこと。なぜそんなふうに感じたのか、見えたのか、聞こえたのか、自分の感覚の束をほぐして調べてみたくなる。

しかしこうして書いているうちに、なんだか自分が馬鹿のように感じられてくる。そんな一瞬がほんとうにあったのか、とたんにわからなくなって、不安になる。

いつもの渋谷の交差点がそこに在って、わたしはただ、いつものように横切っただけではなかったか、と。


夏が本格的に始まったかのような暑い日だった。その日わたしは人に会うために、渋谷に行った。交差点を通過し、不思議な一瞬に出会い、それからそのことをきれいに忘れて高層ビルに入り、一階からエレベータに乗った。エレベータの内部は透明で、外の景色が眺められるようになっていた。二十三階のボタンを押した。

ひゅるひゅるひゅるひゅる。未来的な金属音とともに、自分がすばやく宙へ浮き上がっていくのがわかった。こうして小さな箱に入ったまま、運ばれていくことは恐ろしい経験だ。足元を見れば、足裏にはいつだって変わらぬ底があるのに、身体全体はどんどん上昇し、地上からひたすら離れていく。

箱のなかには、わたし一人がいた。途中の階で止まって扉が開くと、向こう側に杖を持った若い女性が一人、立っていた。

「上ですか、下ですか」と彼女が聞く。

「上です」と答える。

彼女は、ついとドアから離れた。目が見えないひとのようであった。閉めるボタンを使わずに、扉が自然に閉まるのを待った。

ずいぶん長いような間があいた。耐えて待っていると、やがて扉は、ひゅるひゅるすーっと閉まってしまう。二枚の扉が中央で合わさるまでをじっと見ていた。ゆっくり見た。ものが閉じるのは、なべてさびしい。隙間がうまると、あっと思う。先ほどの彼女を締め出してしまったような気がする。いや、締め出されたのは、こちらのほうかもしれない。

そこから二十三階までは一気だった。

眺望のすばらしい喫茶店がある。そこでわたしは、年上の女ともだちと待ち合わせをしていた。大学時代の一年先輩で、ちはるさんという名前である。

平日の昼間、喫茶店は客もまばらで、窓際に座っている彼女がすぐにわかった。蒸し暑い日だったが、ここは別世界だ。地上の雑踏からみごとに離れ、いまがどんな時代のどんな季節で、わたしたちがいったい誰なのかすら、忘れてしまってもいいような感じだった。地上を忘れよというメッセージがいたるところに満ちている。まさに浮世。

ちはるさんは真っ赤な袖なしのワンピースを着ていた。わたしたちは年をとり、しわも増えた。隠しているけど白髪もある。でも気持ちは、まだ二十代か三十代くらい。時々、自分が情けなくなるほど、幼稚に思えることがある。

「久しぶり。忙しい？」

「うんまあ、あいかわらずよ」

そんな会話のあと、わたしは、ついさっきの交差点の音楽のことを不意に思い出し、話してみたくなった。

わたしたちは同じ弦楽合奏団に入っていた。彼女はバイオリンで、わたしはビオラ。もう二人とも、すっかり楽器から離れている。

「ふうん。おもしろいわねえ。そんな瞬間ってきっとあるわよね」。ちはるさんの目の下には黒いくまができている。

「ねえ、イエイツがこんなことを書いてるのよ」。ちはるさんは突然にそう言って、かばんのなかから一冊の本を取り出した。

——混じり気のない感情を持つことが出来ない、というのが人生の大きな問題である。つねに敵のなかにも好きなものがあるし、恋人のなかにも、なにか嫌いなものがある。こういう気持ちのもつれで、人間は年老い、額に皺が寄り、目の回りの溝が深くなる*——。

そこで止まって、わたしの顔をじっと見た。何かを確かめているような表情である。そして続けた。

——もし妖精のように、心から愛したり憎んだりできるなら、私たちも妖精のように、長生き出来るのかも知れない*——。

心から愛したり憎んだり。ちはるさんを見た。昔から小柄で、そういえばどこか妖精みたいなひとなのだ。

ここから見下ろす遠い地上は自動車と人でいっぱいだった。ウエイターがようやく注文をとりに来た。長生きなんて望まないけど……そう心の中でつぶやいて、宙に視線を泳がせた。妖精に少し嫉妬しながら。それからわたしたちは地上的な天井価格

一、〇〇〇円の値がついたアイスコーヒーを注文したのである。

＊W・B・イエイツ『ケルトの薄明』井村君江訳より

日々のなかの聖性

東京・渋谷の、とある場所に、異国の寺院のような丸い屋根の、不思議な建物の建築が始まったのは、大分前のことだった。当時、現場を通りかかったとき、イランのひとであったか、背が高く浅黒い肌の工事人がいて、漆喰状のものをこねていた。簡単な英語で、「この建物は何ですか、何ができるのですか?」と聞くと、祈る場所であるということだった。

まだ、工事中だが、なかを見るかと言う。見ていけと言う。急いでいたので、いいと断わると、来年にはできるから、一度、ぜひ来るといいと言う。その建物を作ることに自分が参加しているのが、うれしくて誇らしいという感じで、何か、信じられるものが彼のなかにあった。

自慢というのでなく、家族でも国でも何かを「誇る」という人間を、そういえば、この日本であまりみかけることがないと思い、そのとき、懐かしい感じもした。

涼しい黒目を持ったひとであった。

日本の建築現場だったら、じゃあ、ちょっとなかを見るか、という具合には、話は進まない。なぜだろう。現場主任みたいなひとの許可が必要だとかなんだとか、めんどうなことになるような気がする。

とにかく、話はそれきりになったが、その後、それがどうやらイスラム教のモスクであるらしいとわかって、いつか行ってみたいと思っていた。

そんなある日、道に迷ってしまって、まるで誘われるようにしてあの建物の前に出た。大理石の、白亜の寺院がすっかりできあがっていた。近くで見ると、それほどものものしい感じはしない。不思議なことに、現代日本の風景のなかに、イスラムのモスクが静かに溶け込んでいた。

外側には、なかへと誘導するような案内も表示も一切ないが、垣根のところにアラビア文字、英語、日本語で書かれた、建設のいきさつのような文言があった。そもそもは一九三八年、東京に移住したカザントルコ人によって祈りの場所としてオープンしたそうだ。当時の建物はその後取り壊され、十数年を経て、今回の再建となったらしい。

入り口を探してうろうろしていると、階段をあがっていく男のひとがある。そのひとが階段の途中で急に振り返り、わたしのほうを見て、あがって来いというような手つきをした。祈りの場はおそらく二階にあるのだろう。

招きに従って、大理石の階段をあがり、二階へ出た。そこにもまた大理石がしきつめられた清浄な空間があり、さえぎられるもののない五月の風が自由自在に吹き渡っている。アラビア文字の書かれた扉がひとを誘うように半開きになっていて、わたしは靴を脱ぎ、そこから、身をすべらせ、なかへ入った。

絨毯がしきつめられた大広間がひろがっている。女性は髪を布で覆うようにとの指示があって、入り口にスカーフが置いてある。わたしもまた、お香のにおいがかすかについたその一枚を取って、頭を隠した。

ステンドグラスの窓が美しい。拝む偶像のようなものは一切ない。そのせいなのだろうか、強制力はあまり感じられず、イスラム教徒ではないわたしも、許されて、ここにいてよいのだという気持ちになっていく。

窓からは若々しい木々の緑が風にゆれているのが見える。モスクの内部と日常世界は決して隔絶したものではなく、なだらかに繋がっているのであった。宗教的な空間と日常の空間が窓ひとつを通して互いに見合っているような感じだ。

高い天井を仰ぐと、アラビア文字と文様が細密に描かれた丸天井があった。高い天井というものは、ひとを妙に宗教的な気分に誘うものだ。見ていると、心が天にぐいっと釣り上げられ、身体のほうがからっぽになってしまう。自分の外側に広がっている空間がそのまま内側に反転し、どこまでも広がっていくように感じられる。宗教を実践する場所というものには、日常生活の悩みや雑事の類をいったんくだいて小さく拡散してしまうような、こうした空間の力が必要なのだろうか。

どれくらいそこにいたのだろう。一人、ひざを折り曲げて正座しながら、わたしはその祈りの広場でぼんやりとしていた。

祈りという言葉を聞いても、祈るべき「もの」や「こと」がわたしにはなかった。現世的な願いならいくつもあるような気がしたが、「祈り」と「願い」は違うだろう。わたしはきゅうに自分自身が、自分のことばかりをあれこれと願い、かつて祈ったためしのない傲岸な人間であるような気がしてくるのだった。

グレアム・グリーンの『情事の終り』では、人妻サラが恋人の命の甦りを祈って、もう二度と彼と逢わないことを条件に神と取引する。祈りというものは自分から出ていくものであるが、ご利益のように自分へと還元はしない。むしろサラ自身が求めたように、懲罰や自己犠牲と引きかえに為される。祈りは自己が自己をのりこえていく運動である。

わたしが明治神宮で、神妙な顔をして、「他には何も、のぞみませんので、もう少し先まで詩を書かせてください」などと願うのは、たいへんしみったれた感じがして、だから、わたしは、ここでは何も願わず、祈らず——というよりも、祈り方を知らず——ただ、からっぽになってそこにいることにしたのだった。

ひとは、おそらく、いろいろな方法で、祈るという作業をしているのではないか。料理を作ったり、花に水をやったり、子供やどうぶつを育てたりすることで。そしてそのときのわたしには、何もせず、何も産み出さず、働かず、ただ在るという、それだけの状態でいることが、わたしの祈り方であるような気がしたのである。

水のうえに浮かんだ落ち葉のように、ただ、この世に無力に浮かぶという存在の在り方。それはわたしに、自分がかつては羊水に浮かぶ「胎児」であったことを思い出させた。

わたしはひどく疲れていた。

あのとき、階段のうえのほうから、来い、と手招きしてくれた、浅黒い肌の男。彼はいったい何者であったのだろう。ふらふらと迷い込んだ異教のモスク。ぱっくりと東京にあけられた不思議な空間は、それ自体がこの世に無力に浮かんだ空気袋のようだ。

その日、わたしが一人で座っていると、しばらくしてから、赤ん坊を連れた母親がやってきた。よくふとった赤ん坊は絨毯のうえに無力な置物のようにごろりと寝かせられた。高い天井を好奇心いっぱいに満ちた目で静かに眺めている。母親のほうは目をつぶり、疲れのせいか、自分のなかへと重く沈んでいる。

やがて赤ん坊が、次第にあんあんと、なにごとかをしゃべりだした。おそらく五ヵ月か六ヵ月くらいだろう。何かをさかんに言いたいのであるらしい。その声が高い天井に響いてこだまする。意味として固まり始める前の、泡状のことばが空間を浮遊する。この場所でいま、自分の声を発見したとでもいうような、それは懐かしい、原初のよろこびに満ちた声であった。

川から来る風

川沿いに立つ、家であった。

平べったい二階家で間口は広い。その分、奥行きが浅いので、入り口に立つとなにもかもが見渡せた。狭いし暗い。散らかっている。あがってすぐの小部屋には、小さな老婆が、背中をまげて座っていた。小さなわたしを見て、

「まさこに用事かい？」

思いのほか、きりっとした声だ。

「まさこ、まさこ」

老婆が呼ぶと、まさこが奥からのそっと出てきた。言葉はない。その目が何しに来たのよ？　と言っている。身体が大きくがっしりとしている。運動能力が抜群で、リレーといえば、まさこだった。運動会の花形選手。目が細く決してかわいいというタイプではない。物言いもおおざっぱで、ぶっきらぼう。

だが、意外にも気が弱いところがあり、わたしは何度か、まさこがはにかみながら、なにかを辞退したという記憶を持っている。

そういうとき、まさこは大きな体をおりまげるようにして、顔をあからめながら恥ずかしそうに笑うのだ。

「あたし、だめだよ、できないよ……」


小学生だったわたしたちは、ちょっとした行き違いからけんかをして、まさこはわたしを無視し続けていた。身体の小さかったわたしは、気の強さでは負けてはいなかったものの、まさこにいつも重圧を感じていた。まさこはどうだったのだろうか。わたしをどう思っていたのだろう。

まさこはしぶとく、決して謝らなかった。わたしもまた、謝るつもりはなかった。双方が謝る理由を見つけられないまま、子供のけんかは続いていた。

まさこはクラスの友人たちを囲い込み、わたしは次第に孤立しつつあった。学校はつまらなかった。受験指導に熱心な、神経質な教師が担任で、息をつく場所が見当たらない。おまけに友達もどんどん疎遠になっていく。わたしは登校拒否に近い状態になった。

まさことという名前に、わたしはいまでも、ある「おそろしい」感じを持っているのだが、それは子供のころのこの体験のせいである。

休み時間になると、わたしは白いバレーボールを、学校の壁にあててひとり遊んだ。ばーん、ばーんというボールがはねかえる音が、わたしは今でも嫌いである。

まさこを訪ねたのは、夏のことであった。

そのときもまだ、けんかの最中だったはずだが、なぜ訪ねたのか記憶にない。そのころも、わたしはどんよりとした目で学校生活をおくっていた。

心の状態というものは、まるで水溜りの表面のように、実際の目の表面に現れるものだ。何か悩みごとがあるとき、目は膜で覆われ世界は不透明でよそよそしいものになる。逆に心が晴れ晴れとしているとき、神経は覚醒し、目の膜ははがれ落ち、目は「直接に」いきいきとものごとを映し出す。比喩でなく、目は本当に心の窓だと思う。

いまわたしには、まさこのように敵対する人間がいるわけではないが、わたしの目には常に膜がかぶさっているように感じる。いつからか、こういう感じが常態になった。無垢ではなくなったということだろうか。丸裸の何もつけない魂が、そのまま世界と対峙している感覚が、いつからか失われた。これは純粋に身体的な感覚なのだが、自分と世界のあいだに、常に膜が一枚張られている感じがある。心が裸でなく、常に媒介物が一枚、防御装置として張られているということなのか。

「あらまあ、さあさ、なかへどうぞ」

黙って立っているまさこの後ろから、小柄なおかあさんが、にこにこしてでてきて、わたしにあがれ、あがれと言う。まさこは依然として無言だが、わたしがあがることを嫌がってもいないようだ。

まさこのおかあさんがおぼんに飲み物とお菓子をもってやってきた。あのころ、友達の家に行くと、たいてい、サイダーとか、コーヒー牛乳が出てきた。コーヒー牛乳といっても手作りで、牛乳に、ネスカフェのインスタントコーヒーと砂糖をとかして氷を浮かべたものだ。そして、あのとき出てきたのは確か、サイダーのほうだ。

まさこは大きいのにおかあさんは小さい。まさことちがって愛想もよく、東北の訛りがとても優しい。いかにもひとがよさそうな笑顔である。まさこはあんなに意地悪なのに。子供心にも、まさことおかあさんは生きる世界がまるで違う、と思う。

まさこはけんかのことをおかあさんには話していないようだった。子供というのは、自分のことを親などに話すものなのだろうか。少なくともわたしは自分の憂慮を、親にまったく話さない子供だった。子供ほど、自分のなかにぴったりと閉じ込められている存在はない。と、わたしは思うが、なかには違う子供もいるかもしれない。しかし親に、きちんと「相談」できる子供がいたら、その子はもう子供でなく、大人なのではないかと思う。

狭い畳敷きの部屋で言葉も交わさずにいることに、まさこは耐えられなくなったのだろう。不意に立ち上がると、引き戸をさっと開けた。川が見えた。すぐそこが川だった。確かに川沿いに立つ家なのだった。

さざなみだった水のおもてが見え、涼しい風が一気にさーっと来た。川を渡ってくる風は冷たくさわやかで、一気に目がさめるようだ。川風、それは、海から来る風とも、春風のようなものとも違う。

わたしの髪が、ぱさっと揺れた。まさこの髪も、さらさらと乱れた。自分のからだが透明になるのがわかった。

「いい風がくるでしょう」

おかあさんがわたしたち二人にむけて言った。実際、その風は、大人になったいまでも、思い出すだけで、あらゆる憂慮を、ほんの少し軽くしてくれるような風なのだった。

まさこは、そうよ、どう？　素敵でしょう？　と言わんばかりに、少し誇らしげにわたしを見た。わたしは答えただろうか？「ええ」とか「ほんと」とか。いや、そのときも、わたしは何も言わなかった。まさこもまた、何も言わなかった。仲直りしようよ、とも言ったわけではないのに、わたしたちは並んでサイダーを飲み、わたしはそれだけで満足して家に帰ってきた。

まさこには卒業以来、会っていない。

あのとき、仲直りをしたと感じたのは、それはわたしだけの勘違いかもしれない。なぜ、けんかしたのか、もはや原因も思い出せないが、あのとき、阻害された、あるいは阻害した、うっすらとした悲しみは、わたしのなかにまだ残っている。

ひととうまくいかないことは、大人になってからだって多い。人間関係のなかで日々受ける傷、与える傷は、子供のころのそれと本質的に変わらない。子供のけんかだから、さらっとしているというわけでもないし、大人同士だから、もう二度と修復できないというわけでもないだろう。

ただ、思い出すのは、あの風のことである。

ああ、あのとき、川風が吹いたな、ということ。あのときまさこが引き戸を開け、そこから川風が、一気に入ってきた。心が刷新され、まさことわたしの関係のあいだに、ジャストタイミングで、颯爽と風がおこったということ。

生きていると、なんとはなしに、心が重いという日々がある。まるでいつまでも出だしの一行目が出てこないときのような。

まさにいま、わたしはそんな状態にある。よく寝ておいしいものを食べればきっと直る。わたしの憂慮なんて、その程度のものだ、きっと。そう思いながら、わたしが思い出したのは、あの風のことだった。全身を打つように、存在をめくるように、不意に吹いてきた、あの風のことだった。

ある友人が、こんなことを話してくれたことがある。

子供のころ、ものすごい豪雨を経験した。雨は一気にどさっと降り、さっと上がった。そのとき、窓の外のブラインドに、雨粒が残って光っていた。その一滴のことを今もくっきり、思い出せると。

川風、あるいは、光る雨粒。それらは感傷的な、詩的なエピソードにすぎないのだろうか？　言葉のない、風景の一点に比重を移すことで、わたしは憂慮から逃走しようとしているにすぎないのだろうか。

先日久しぶりに永代橋を渡った。隅田川は幅の広い川だ。そこにかかる橋も、存外、長い。冷たい川風を横顔に受けながら、橋の途中で足を止めた。海風は、岸辺にいる者に向かって、正面から挑むように吹いてくるけれど、川風にはもう少し穏やかさがある。それは横からくる。通過していく。颯爽と吹き、心の塵を払ってくれるような浄化力がある。

あのとき、まさことわたしのあいだに吹いた風。いま、地図で確かめれば、隅田川の支流、当時、二十間川と呼ばれていた川からの贈り物だった。

水の悪意

この夏、初めて岐阜へ行き、長良川を見た。長良川は泳げる川である。それをわたしは初めて知った。泳いでいたのは、子供や地元の高校の男子生徒たちで、水着姿の女性は少ない。遊泳場としては流行っているというわけではないのだろう。みな、静かに川泳ぎを楽しんでいる。風景のなかのひとの散らばりかたが、ばらばらとまばらで、隙間があった。

東京にもしこんなところがあったら、川辺はひとですぐにぎっしりになる。ふと、空間のなかのひとの密度には、自然が許すある基準があって、それ以上になったとき、どんなかたちであるにせよ、淘汰ということが起こるに違いないという恐ろしい考えが浮かんで消えた。東京というところは何につけても場所取り合戦で、空間を放っておくことができない。どう利用するかばかりに夢中になっている。隙間があったら、即、埋まる。息苦しい。だから、「点在」というひとのあり方を見ると、懐かしくびっくりしてしまうのである。海と違って、川泳ぎというものには何か素朴な響きもある。ここから足をのばせば、すぐに市役所があり、税務署があり、岐阜駅である。市内には路面電車も走っていた。そういうまちなかに、山があり川があって、そこで泳げるというのがすばらしい。

夜からの鵜飼が始まる前、川のほとりを散歩した。川原には、白く丸い石が、一面、ごつごつと並んでいる。遠くにボウリング場のさびれた看板が見え、向こう岸には、金華山と呼ばれる緑の山。水の色なのか、川面に映った木々の色なのか、水は澄んで、ところどころ深緑に染まっていた。

川の中央部で浮き輪のなかから、「おーい、ここ、深いよ」と叫ぶ少年がいる。深さというものは見えないので、川原にいる者は推し量るしかない。川底は案外深いのかもしれない。水深というのは、神秘である。川でも海でも湖でも水溜りでも、水面を見ていると、いつしか視線は水面を通過して、見えない水底へ伸びていく。それはまるで見えない自分の心の深部を、のぞきこんでいるような気分である。

わたしは実は水が怖い。ほとんど泳げないに等しいからだ。平泳ぎは足がうまく広がらないし、息継ぎというものもできないので、犬掻きか背泳ぎか、バタ足か、ノーブレスのクロールで、二十五メートル泳ぐのが限界だ。

先日、小学校時代の幼馴染みと会って話をしていたら、「小池さんが、学校のプールをクロールで、息継ぎもせずに、きれいに斜めに泳いでいった。あの姿は忘れられない」という。なんでもわたしは、第1コースから飛び込んで、もう一方の端の第5コースに到着したらしい。人が何を記憶するのかは、まったく予想がつかないし、それを規制するわけにもいかないのだが、早く忘れてほしいことばかり記憶されるのはどういうわけだろう。

こうしてみると、「わたし」などというものは、わたしのなかには探してもいなくて、他人のなかにだけ存在し、他人がつくってくれるものなのかもしれない。そしてその他者のなかの「わたし」像は、こうしていつも、かなり滑稽な人間のようなのである。

水の思い出をたどっていくと、多くが子供時代につながっていく。プールでいえば、同じころ、家の近くに傾斜のついたプールがあり、泳ぐのではなく歩きながら、深いほうへ深いほうへと、下って行ったことを思い出す。最初は腰のあたりまでしかなかった水位が、次第に、肩、あごと上がっていく。爪先だちになって水没からわが身を守ったが、そこから先を歩いていくためには、足をプールの底から離し、浮かなければならない、と観念した。

ぎりぎりの状態をあっぷあっぷと表現するが、そこから解放されるためには、安らかに水面に浮いてしまえばよいのだ。しかしなぜかそれができずに、みな、ばたばたともがく。

浮くということ。それはどこかで自分を放棄して自分よりも大きな何者かに、自己を委ねるような感覚だ。以前、わたしは、湯のなかに放り込んだ白玉が、出来上がった順に、次々と湯の表面に浮き上がってくる風景に惹かれ、それを文章に書いたことがあるけれども、あのときもまた、浮き上がる白玉の、自己放棄にも見える風情に魅力を覚えてみとれたのであった。この延長で考えてみると、水が怖く、ほとんど泳げないわたしは、自分を投げ捨てるということがへたなのかもしれない。

もともとひとの胎児は羊水のなかに、魚のような顔をして浮いていたのだし、体外へ出たあともしばらくは、赤ん坊は容易に水となじむ。それがしばらく育ってくると、今度は水への恐れや拒否が始まる。自分の子供を見ていても、また、自分自身のことを思い出してもそうなのだが、髪の毛が濡れたり洗われたりするのが大嫌いで、ひいてはお風呂が大嫌い。わたしは子供のころ浮浪者の子供のようで、髪の毛がよれて固まってしまうほど、洗髪を拒否していたことがあったらしい。

一方でまた、幼児の水遊び好きは、きりもない。水には彼らをとりこにする魔力がある。水への親しみと恐れの感情はどちらが後先のことでなく、最初から同時に人間に備わっている本能のようなものなのかもしれない。

小学生のとき、臨海学校で千葉の海へ行った。遠泳と称して沖のほうまで泳いでいく仲間たちを、わたしはいつも驚嘆して眺めたものだ。遠泳する彼らが英雄のように感じられた。わたしは惨めな子供であった。

わたしたちはみな、すぐに目につくよう、頭に赤い水泳帽を被らされていた。その赤い小さな丸い頭が時々波間に隠れ、また、現れ、みるみるうちに、豆粒ほどになっていく。その素早さは恐ろしかった。大きな海と小さな赤い帽子。その対比にも、気が遠くなるような眩暈を覚えたが、同時に無事に戻ってこられるのだろうかと思う、自分でないような心がわきあがるのを抑えられなかった。

きっと無事に戻ってくるに違いないのだ。そうでなければならないと思いながらも、もしかしたら戻ってこないのではないかと思う心がある。それは予感とも願望とも、一瞬、見分けがつかないような感情で、わたしはそういう自分をもてあまし、ぼんやり岸から彼らを眺めていた。そして彼らはわたしの予想を軽やかに裏切って、いつもたいていはきちんと戻ってくるのであった。

水を描いた絵で忘れられない一枚がある。フェリックス・ヴァロットンの「女と海」。澁澤龍彥・巖谷國士の『裸婦の中の裸婦』で紹介されていたものだ。絵はスイス・バーゼルの美術館にあるらしい。

ヴァロットンは、十九世紀末の世代の画家で、最初は木版画をやっていたが、一八九九年、「金持の画商の未亡人と結婚すると、ふっつりと木版画をやめてしまった」。それから油彩を始めたそうだ。それまでつきあっていた貧しい女工のエレーヌと別れ、ブルジョワの生活に入ったのだが、それとて夢に充ちた明るい生活というわけではなく、そこには人生への屈折した思いを感じると澁澤氏は書き、もともとヴァロットンには、「女に対する辛辣な目があったのだろう」と指摘している。

奇妙な絵だ。四人の裸体の女たちが、膝くらいまでしかない水位の、黒い海につかって立っている。そのなかのひとりの女は、子供のような身体つきで、おなかがぷっくりとふくらんでいるが、髪は結い上げられ成熟した女のようだ。彼女たちは、みな表情が隠されていてよくわからないのだが、絵のなかから感じられるのは、戦闘的な意志である。本のなかの表現をかりれば、「まるでプロレスごっこでもしているみたい」。

海の水は粘液のようである。鉛でもとかしたような、どろりとした感触がある。見ていると、異様に生々しい感情がわたしのなかから引き出されてしまいそうだ。たとえば、「怒り」。描かれているのは怒りを内に秘めた女たちだが、その女たちがつかっている海のほうにこそ、戦いを促すような、どろりとした悪意の澱みが感じられる。わたしたちの無意識をずっと深く降りていったら、このような静かに荒れ狂う海に出会うのかもしれない。

さて、長良川の一日は鵜飼見物に終わった。夜の闇のなかで松の木のかがり火を勢いよく燃やしながら、六艘の鵜船が走っていく。鵜を扱う鵜匠は、現在、六人しかいなくて、代々世襲となっているそうだ。わたしたち観光客を乗せた船のこぎ手の一人は、六十位の柔らかな岐阜弁をあやつるひとだ。

「ほら、今度こっちへ向かってくる鵜船には、小さい男の子が乗船していますよ」

そう言われて闇のなかで目をこらすと、いま、ちょうど目の前を通り過ぎていく船に、黒い小さなシルエットが確認できた。

「あの子は、二歳くらいから船に乗っています。将来の鵜匠ですからね」

よくしつけられた子で、激しく揺れる船の上で、置物の人形のように大人しく固まっている。少しも身体を揺らさない。

あの子もまた、小さな英雄だ。固まった肩のシルエットが、思いがけず不思議な物悲しさをわたしのなかに呼んだ。夜の水に、まるでさらわれていくような男の子の姿。

しばらくのあいだ、目で追いかけた。

蟬と日本語

家路の途中にある一軒屋の玄関脇に、虫取り網が立て掛けてあるのを見た。そういえば、これをもって走り回る子供たちの姿を、最近まったく見かけない。案外、大人の道具になっている場合もある。けっこう柄が長いので、まるでひとのように見えた。

今年の夏は短かった。虫取り網は、もう役目を終えてしまったのだろうか。それともまだ少し出番があるのだろうか。

使われていないときの道具というものは、おおかたがそうだが、そのときの虫取り網にも、使用後の静かで孤独な存在感があった。網が透過させた夏の光、網がすくいとった夏の時間。捕えた虫たちも、子供たちもいない。この道具だけが、夏の証拠品として、玄関脇に涼しげに残っていた。

わたしの家には男の子はいなかったが、妹が虫を愛する女子だったので、虫取り網はいつも身近にあった。ある年の夏休みなど、彼女は捕まえたかまきりに木綿糸をつけて、まるで犬のように、連れて歩いていたものだ。

　そんなことを思い出しながら家へ戻ってみると、ここでは、蟬が鳴いている。聞こえているのは、みーん、みーん、と鳴くミンミンゼミと、おーしーつくつく、おーしつくつく、と鳴くつくつくぼうし。

　みーん、みーん、と書いてみて、なにかほかの表現はできないものかと思ったが、みーん、みーんは、肉体を通り越して骨の髄までしみついてしまっているようで、わたしの耳には、どうしてもそれ以外の言葉では聞こえてこない。頑固にはりついてしまっていて、はがしようがない。みーん、みーん以外でミンミンゼミの鳴き声を表現しようとすれば、あるいは、それ以外で、この声を聞こうとすれば、日本語の外へ出るしかない。わたしは蟬の鳴き声に耳をたてながら、なんだか日本語に聞き耳をたてているような気分になってきた。みーん、みーんの外側へ出られないわたしは、まるで日本語のなかに幽閉されているみたいだ。

　日本語以外の言語では、ミンミンゼミの鳴き声はどんなふうに表現されているのだろう。鶏にしろ、犬にしろ、英語のそれと、日本語のそれとでは、まったく違う鳴き方をする。学習しなければ、どれがどれの鳴き声であるのかもわからない。

　文化が違うと、物音や声が違ってしまうというわけではないのだ。物音も鳴き声も、それ自体が発するのは、ひとつの「音」なのに、表現しようとする段階で、その音が鳴っている、言語空間のなかに閉じ込められ、そこで、改めてひとつの言語として拾われる。

コップの割れる音は、世界共通なのに、それを忠実に写し取ったはずの言葉は、それだけを取り出しても、共有はできない。「音」でさえも、翻訳しなければならない。改めて考えると、呆然としてしまう。

日本語の場合、擬音語がそのまま幼児語になることがある。犬がわんわん。猫がにゃーにゃー。車はぶーぶー。カラスはかーか。母語を習得するごく初期の段階に、こうした擬音語が、幼児用の言葉として身体に入れられる。他の言語はわからないが、日本語に関する限り、こうした擬音語が、身体の底に、はがしようもなく、こびりつくということはあるだろう。

一つの言葉は、それが単独で存在するものでなく、同じ言語内の、ほかのことばと有機的に結びついているものだ。たとえば、BOW-WOWは、最初から、犬の鳴き声として、これ一つがあったわけでなく、英語という言語のまとまりのなかからこの音が選ばれて、ここにある。だからBOW-WOWを、単純にWANWANに置き換えることはできない。置き換えたとしても、相当な異物感が残るだろう。異物感どころか、意味が通じなくなる。

こんなことを考えながら、しかしわたしは、音が純粋に、音として立ち上がった瞬間が失われて、言語に翻訳され、文化の中に閉じ込められていく様を見るのが苦しい。苦しいというよりもくやしい、という感じ。表現にとって、ことばの異物感というのは、大事な要素であるとわたしは思う。それは何かの抵抗の痕であるし、考えたことの足跡のようなものだと思うから。

わんわん以外の犬の鳴き声を発見すること、譬えて言えば日本語で詩を書くこととは、そういうことでも、あると思うのだ。

二年ほど前わたしは、『おおきな　きかんしゃ　ちいさな　きかんしゃ』（マーガレット・ワイズ・ブラウン文／アート・セイデン絵）という絵本を翻訳したのだが、このなかでも、機関車のたてる音を、どんなふうに日本語に移し換えたらよいか、けっこう悩んだ。タイトルにもあるように、この本は大きな機関車と小さな機関車が、それぞれ同じようでいてちょっとだけ違う音を立てながら、同じ目的地をめざして走るのである。同じようでちょっと違う音。同時にそこに、「大きい」と「小さい」を、区別して読者に感じさせなければならない。

とはいっても、最初からこんなことを頭で考えていたわけではない。ともかく新鮮な擬音語はないものかと、日本語のなかに手を入れてかきまぜ、そのなかから当たりくじでも引くような気分で、そして、自分自身の身体に、耳を澄ますようにして何日かを過ごした。

しかし結果は、なんということはない、平凡でがっかりするようなものが残った。「がたん　ごとん　がたん　ごとん」が大きい機関車、「かたん　ことん　かたんことん」が小さい機関車。同様に、「がしゃん　がしゃん」と「かしゃん　かしゃん」、「ぼっ　ぼっ　ぼお――っ」と「ぽっ　ぽっ　ぽお――っ」、「ぶすっ　ぶすっ　しゅう――」と「ぷすっ　ぷすっ　しゅう――」。

濁音や半濁音で、なんとか区別をつけることになった。

この絵本には思わぬ落ちもあって、でき上がってきた本の帯を見ると、そこにはなんと、わたしが唯一書かなかった音、「しゅっしゅっぽっぽー」という音が編集者の手によって書かれていたのである。機関車といえば、「しゅっしゅっぽっぽー」、たしかにそういえば、そうだったのである。

なんだ、と思った。早く、そう言ってくれればいいのに、って感じだった。編集者に対してではない、日本語そのものに対して。

わたしは無意識のうちにこの音をさけて、記憶の外に放り出していたのだろうか。

なんとか面白い擬音語を探そうとあがいたものの、しゅっしゅっぽっぽーが出現してみると、そこには、正確に腑に落ちる感じ(はらわたに素直に染み通る感じ)があって、わたしの努力がむなしいものに思えた。

絵本といえば、一冊の本のなかで、とても珍しい擬音語に出会ったことがある。『きりのなかのはりねずみ』(ユーリー・ノルシュテイン、セルゲイ・コズロフ作／フランチェスカ・ヤルブーソヴァ絵／こじまひろこ訳)。薄暗い霧のなかを、友達の小熊に会うため、手探りで歩いていくハリネズミの話だが、霧のなかで、銀色の蛾がたてる音として、「クリン　クリン　クリン」という言葉が書かれている。「すずが　なるようなかすかなおとが　きこえてきました」という文章が続いていたが、蛾の立てる音として、日本語のなかでは、わたしは初めて聞く音だった。

こういう表現を見ると、本当に、読むことがそのまま耳を澄ますことになってくる。クリン、クリン、クリン、と飛ぶ蛾を知っていますか。みんなに聞いてまわりたい。

「く」という音は、苦しい音だ。行き止まりのイメージが広がっていく。「苦」や「区」や「句」や「九」が、重なってくるせいだろうか。そこに、鈴の音読みの「りん」がくっついている。金属的な音である。でも、どこかこっけいで、おかしみもある。くりん、というのは、日本語のなかで、くりんとしたカールなどというように、弾力のあるものに使われているから、かわいくてポップな響きが広がるのだろう。あるいはまた、バスクリンという商品名も、わたしのなかには響いていたかもしれない。

ロシアのどこか霧深い森のなかに、クリン、クリンと、神秘的な音をたてる蛾が、いまも飛び回っているだろうか。クリン、クリンは、物音として、日本語のなかでは、はっきりとした異物感があるが、そのために、気になって、そのなかを切り開いていくと、こうしていろいろなイメージがわき出てくる。

しゅっしゅっぽっぽーやみーんみーんはどうだろうか。そこを切り開いてみても、出てくるのは、明確に、機関車であり、蟬でしかない。ものごとをきちんと伝達するのには、すぐれた擬音語だが、そこからイメージを広げるものとしてみれば、貧困ともいえる擬音語だと思う。新鮮な擬音語を見つけるのは、たいへんなことである。

江國香織の『ウエハースの椅子』という小説には、虫の声を表した珍しい表現がある。夜、バスタブにつかっていると、虫の声が、「りでりでりで」「ごぐるるる」と聞こえたというのである。こうはなかなか書けないと思って、とても印象に残っている。くぐもったような虫の声の、宇宙的で内省的な感じがとてもよく伝わってくる。虫の声ばかりでない。虫の声を包む、闇の気配も伝わってくるようだ。空間をまるごと運ぶ擬音語である。

詩のなかに耳を澄ませば、なんといっても、金子光晴の有名な「洗面器」。嫖客の目の前で不浄をきよめる、広東の女たちの排尿の音を、「しやぼりしやぼり」と表した。この音のさびしさは、骨の髄までしみこむ。忘れられない「生(せい)」の音だ。shaという音は、排尿時の音として容易に連想できるが、boriという濁音は意外な結びつきだ。ぼぼ、という隠語とも響きあっているような気がするし、ほる、ということばの意味が重ねられているように思う。「ぼ」という濁音は、深くさみしい。「墓」というイメージが重なっているのかもしれない。

夏は終わったのだろうか。いま、窓のむこうで、ぼたっという、なにやら不吉な音がたった。窓を開けると、ベランダに蟬が仰向けになって落ちている。みーん、みーん、みーんと、はげしく鳴いたのち、いま短い命を終えたらしい。

ぼたっ、ぼたっ、ぼたっと蟬が死ぬ。「死骸」でなく、「死」がたてた音を聴くような気がして、わたしはおごそかな気持ちになる。

樹木のある風景

東京・山手通りの一角に、「槐（えんじゅ）」という木の並木道がある。あまり聞きなれない木の名前だが、マメ科の樹木で中国が原産。小判のかたちをした、小さくて瀟洒な葉が対称形に並んでいる。この木の名を筆名に持った、田中槐さんという女性の歌人がいらっしゃるが、実は、わたしが「槐」を知ったのも、彼女の筆名がきっかけだった。最初、活字で見たとき、どう読んでいいのかもわからなかった。調べてみれば木の名前で、訓はエンジュとある。美しい音である。

数年前の夏、まったく不思議な偶然だが、バスのなかで、彼女の歌を読んでいた。赤信号でバスが止まり、本から目をあげてふと見た街路樹に、槐という名前のプレートを見つけたのである。なんということだろう。わたしは驚いた。これが、槐か。この木の側で何年も暮らしながら、ここに、槐の並木道があることを、まったく知らずに生きていたのだ。

わたしは、きゅうにほこらしくなった。自分がいま、ひそかに、この木の在り処を知ったことに。それは自分だけが知っていて、誰に自慢できるようなものでもない、あまりにささやかな情報だったが、それを知ったとき不意に窓が開き、この世の風通しが少し、よくなった。あたらしい知遇をこの世に得て、世界が新鮮に拡張したように感じた。

いま、これを書いているいまも、ああ、あの道には槐があると思う。槐が確かに並んでいるのだと思う。それだけでいい。それだけを思うと、心が落ち着く。木とは、そういう在り方をするもので、木と人間はそのように関係する。

去年の夏、この槐の木の下で、ひとりの男性が木の上をしきりに見上げながら、何かを熱心に探していたことがあった。何を探しているのかわからないくせに、その何かをわたしもいっしょになって探すような気持ちになって、その人を見ていると、やがて、木の幹に、はげしい音量で鳴く蟬がいるらしいことに気がついた。どうやら、男性は、その蟬が目当てであるらしかった。

見た感じは、四十半ばくらい。十分な若々しさが、白いワイシャツの背中にあって、でも少しばかり疲れて見えたのは、まだ仕事の途中と思われる、重そうな営業カバンを下げていたせいだ。虫取り網さえあれば、そのまま男の子に戻って蟬取りに興じそうな気配があった。しかし彼の手には虫取り網でなく、仕事の黒いカバンがあるだけである。見ているうちに物語が浮かんできた。

かつて輝いていた、少年の日の黄金の夏休み。そのすべてを、彼はいま失ってしまって、網もない手をぶらさげたまま、ただ、無力に木の上を眺めやっている。蟬が鳴いている。虫取り網がない。蟬はとれない。蟬がとれない。その断念は、わたしには身に覚えのあるものである。わたしは、彼の後ろ姿から、しばらく目を離すことができなかった。


樹木の姿で思い出すのは、何年かを暮らした東京・世田谷の、とある場所に立っていた大木のことである。三人くらいが手を繫いで、ようやく周りを囲めるほどの、太い幹を持った古木だった。おそらく伐り倒すのがはばかられたのだと思う。その木は、道路のまんなかに、取り残されるように立っていた。あきらかな交通妨害というかたちであったが、どの自動車も、自転車も、ひとも、猫も、仕方がないというように迂回して通り過ぎていくのだった。

高橋睦郎の「樹」という詩を読んだとき、わたしはあのときの自分の経験に、外側からぶつかったような思いがした。

車がはげしく行き来する道のまん中に
大きなケヤキが立ち　樹蔭をつくっている
行く車も来る車も速度を落とし　大きく迂回する
いつの夏だったか　誰かの車で誰かの家を訪ねた
車の人も　訪ねた家も　思い出せないが
こぶこぶした樹と繁った葉は　年年(としどし)に鮮明
道路を開くとき切るにしのびず残したのだ　と
その顔のない人は　ハンドルを切りながら教えてくれた
人間にはしばしば　行く手に立ちふさがるものがある
人はそれを倒し　踏み越えていくのがつねだが
けっして倒さず　迂回しなければならないものがある
記憶の中の顔のない人はそう言って　ハンドルを切り
通りすぎざま　フロントグラスごし樹を見上げる

（『恢復期』より）

時も場所も人の顔も名前も、記憶の細部がすべて吹き消えたのち、無意識の淵になおも立っている大木のこと。おそれ、敬い、迂回せざるを得ない、直立の絶対性。触れることのできない禁忌なるもの。わたしもこの不動の木のそばを、そっと迂回したことがあるような気がする。あるいはこの先で出会うかもしれない。

フロントグラスに映っている大木は、わたしの心のなかで、どんどん遠景になって縮小され、最後に小さな鉛の定点となる。見えなくなったのちにも、イメージのなかに木は、いよいよ根をはって、生き続けていく。

動かない。だから、わたしたちがそこを迂回するしかない。あらゆるものが流転していくなかで、木の不動性はひとつの信仰にも似て、わたしたちに信じるという行為を思い出させてくれる。

そこに木があること、そのことを、わたしはいつも疑ったことがない。なにしろ、木は根を持っていて、そこに居ついたなら、その場所を決して動かないからである。もしかしたら、真夜中、木が歩き出していなくなったりするのだと、考えてみてもいいし、そう考える自由もあるのに、わたしは一本の木の在り処を、疑ったことがない。木の定まった位置を素朴に信じている。木においては、木を見ることと、木を信じることが、ほとんど同時に為されているのである。

いま、わたしの庭には、二種類の木が立っている。ひとつは、もっちりとした感じの分厚い緑の葉を、一年中繁らせているモチの木。これは、もとからこの庭にあったものだ。

そして、もうひとつはケヤキ。こちらは、モチの木のとなりに気がつけばいつのまにか、はえていたものだ。雑草の類ならよくあることだが、樹木がいつのまにかはえてくるなんて、わたしには奇跡のように思えたことである。近くにかなり大きな公園があるので、そこから種が飛んできたのかもしれない。

葉っぱのかたちから推測して、おそらくケヤキだろうということになったのだが、年々幹も太くなって、冬にはすっかり葉を落とし、夏になるとゆさゆさと青い葉を涼しげにゆらす。ほったらかしにしているうちに、わたしの背をとうに越えてしまった。

大家さんは、木が巨大になることを恐れ、その前にケヤキを根絶せよ、というのだが、わたしはなかなか処分できずにいる。

そもそも木の世話というのは、これは本来は、感傷的な気持ちでできるようなものでなく、木をあるがままに、という放任は、時に木を枯らすこともあるだろう。大きく鋏を入れることで、新しい芽が一挙に吹き出てくることも頭ではわかっている。それでも木を、伐るということに、わたしはおそれのような感情を抱く。いつしかこれらの木に対して家族のような感情を持ち始めていたのかもしれない。

友人のひとりは、子供のころ、広大な庭にあった一本の大木のことを、いまでも思い出すという。お父さんが、木の上に彼だけの木のベッドを作ってくれ、そこで昼寝をしたらしいのだが、それは彼にとって、至福の経験で、ベッドのなかで聞いた小鳥の声や風の音がいまも聞こえるかのように、彼は語った。「あの木が、ぼくを、いまも支えているような気がする」と。

わたしが子供のころ、わたしの心をしめていたのは、豊穣な実をつける、柿や梅の木、柚子の木だった。それは、祖母の家の庭にあったものだ。季節がめぐると、連絡が来る。柿がなったわよ、とりにいらっしゃい。今年は、あまいわ。今年は、いまひとつね。年ごとに評価が微妙に変化する。そう言ってわたしたちを誘った祖母は亡くなり、祖母の死後も、柿の木は、実の数が少なくなったものの、相変わらず元気に枝を伸ばしている。

梅の木のほうも健在で、こちらはいま、母の手によって、ジュースや梅酒、梅みそなどに加工され、方々へ豊かな分配がなされている。

梅の実の青緑は、葉の緑と同じなので、これですっかり取り尽くしたと思っても、どうしても見落とした、取り残しの梅がでる。それらは忘れられたまま、そのまま枝で熟れて、熟れきったころに、ぼとん、と音をたてて地上へ落ちる。落下した梅は傷もあるので、ジャムなどに加工して食すのだ。

しかしこうしたことの数々は、見ていながらわたしが受け継げなかったものだ。わたしがもっと年老いたとき、みようみまねで、やってみるかもしれない。しかしそのとき、わたしに方法を伝授してくれるべき親族は、おそらくこの世にいないであろう。

豊かな実りの期待できない狭い庭を出て、わたしは時々、近所の大木に会いに行く。わたしは強風の日の木を見るのが好きだ。

ざわめく葉。しなる枝。無言のはずの樹木から声が聞こえる。地上にある、いっさいのかたちあるものよ、吹き飛ばされよ。ばらばらに霧散せよ。

じっと見ていると、やがて風の音も聞こえなくなって、わたしの見ているものが、揺れる木であるのか、それとも、別のものであるのか、わからなくなってくる。見ているわたしが、生きているのか、もう死んでしまっているのかも、わからなくなってくる。

身体に風穴がぼこぼことあき、そこを強風が吹きぬけていく。いつのまにか、この世の外側へ、片足がはみ出してしまったらしい。この世の役割をすべて忘れて、強風のなかに立っている、わたしもまた一本の樹木である。

〈追記〉

冒頭に書いた山手通りの槐の並木道は、道路の幅拡張と地下高速道路建設のため、二〇〇五年現在、すべて伐りとられている。しばらく気づかず、ある時、はたと何か強烈な違和感を風景に覚え、並木がないことにようやく気がついた。

杖をめぐって

向かいの席には、上品だが険のある、鷲を思わせる老女が座っていた。まゆを細く綺麗に描き、口元には真っ赤な口紅、ごく薄く、青いシャドーを目の縁に入れている。そしてみごとな銀髪だ。

身体つきはほっそりとしていて背筋がのび、特に何を見るということもない視線が車内の中空を見つめている。

眉間に刻まれた深い縦皺は、いくつかの事柄をじっと思いつめたあとだろうか。その皺が彼女をひどく難しい人物に見せているが、恐ろしさの残る顔で、はじけるように笑う瞬間も想像できる。皮膚の下を嵐のように渦巻き通過していった様々な感情も、いま、透明な無表情に濾過されている。

老女は手に白い杖を持っていた。

皺だらけのごつごつとした両手の甲。指には重そうな指輪が、どんよりとした光を放っている。

彼女が握り締めている杖の頭には、とぐろを巻いた蛇が彫られていた。全体に水流のような文様が刻み込まれ、お洒落な老女にふさわしい瀟洒で頑丈そうな杖である。

やがて停留所が来た。

バスが停車して後ろのドアが開く。誰も降りる気配のない、不思議な間があいた。老女は杖に半身を預けるようにして、ゆっくりと席から立ち上がると、ドアまでようやくたどりつき、たっぷりの時間をかけて、片足ずつゆっくりと、バスのステップを降りていく。いささかの遠慮もなく、自分のテンポを終始くずさず、堂々と、昔の中国の女帝のように。がたん、がたん、がたん、と足音がたつ。

そのあいだ、誰も何も言わずにただじっと待っていた。

運転手も、乗客も、誰もが老女の不規則な足音を聞いているように思った。耳をすませるということをしなければ、あのようには誰も、静かに待てないだろう。

ドアが閉まって、バスが再び思い出したように走り出した後も、わたしのなかには不思議な余韻とともに、一本の杖の存在が残った。

彼女が持っていた少し短めの杖。もとはといえば一本の木の棒だ。それが、あのように人間を助けていた。人間もまた、その一本の木の棒に、自分自身を預けていた。

その風景の、一体、何がどう、わたしをひきつけていたのだろうか。

年老いて気の毒だとか、あわれであるとか、そうした同情心を呼ぶような類のものではなかった。わたしも、もうじきに老女になる。そうした同情心など、持つ余裕はなかったし、仮に持ったとしても、それは自分をあわれむのと同じだ。

そもそもバスのなかの老女には、あわれみを催すものはなかった。むしろ……、そう、むしろ、あのように尊厳を持った人間が、杖という一本の棒に頼っている姿が、より一層、老女の尊厳を際立たせていたと言っていい。

そして杖という「モノ」は、あのとき、老女の身体の一部として、彼女へ移植、あるいは接続されていたかのような印象を受けた。あのとき見た杖は、ただの棒ではもはやなく、もっと生々しい力を授けられていたのだ。

杖、杖、杖……。遠いものを、手繰り寄せるように、わたしは心のなかで、杖という言葉を繰り返した。

宋の時代の漢詩人・陸游に、神通を具える杖を頼りに、蓮華峰(れんげほう)(空想上の土地)をたずねたという詩がある。

放翁拄杖具神通
蜀桟呉山興未窮
昨夜夢中行万里
蓮華峰上聴松風

『一海知義の漢詩道場』は、一海氏を師として、この陸游を、数人の学徒たちで読み込んだ記録である。この杖の漢詩は、この本で知った。

「放翁の拄杖　神通を具え（そな）　蜀桟（しょくさん）　呉山（ござん）　興（きょう）未だ窮（きわ）まらず　昨夜　夢中　行くこと万里　蓮華峰（れんげほう）上　松風を聴く」と読み下す。

漢詩の意味するところは、「この放翁（小池注・陸游のこと）の杖は、神通力をそなえており、蜀の桟道（さんどう）、呉の山々をくまなく歩き回ったが、まだまだ興味は尽きぬ。昨夜は夢の中で、この杖をたよりに行くこと万里、蓮華峰の頂上のほとりで、松風の音に耳を傾けていた」とある。

老体を補助するものとしての機能以上に、杖にこのような威力、人智を超えた力を見るのは、古今東西、多くの物語に見られるように思うが、その根拠はそもそもどこにあるのだろう。

公園に行くと、たいてい小枝が落ちている。子供はよく、そのなかの一本を拾い、杖がわりにして遊ぶ。

子供らにとって小枝は、あるときは、おじいさんの杖として物まねの玩具となり、あるときは、地面に絵や文字を描くための筆記具となり、池の水の表面をかき乱したり、相手を威嚇したりする武器にもなる。小枝を持ってふりまわしながら歩いている彼らを見ると、たかが小枝でも、それを持ったことで、自分にひとつ小さな力が加わったことを、楽しんでいるかのようにも見える。

あきると早々に投げ捨てられもするが、枝は花のようにすぐに朽ちることもないので、捨てられてもなお、長くそのままの姿で地面のうえに置き去りにされる。

そのとき、枝は、まだ生きているのか(植物なのか)、死んでいるのか(モノなのか)、わたしにはよくわからない。何か、その中間に、ひどく抽象的な、象徴的なありようで捨てられている。

榊の枝葉に白紙をつけたものは、婚礼の儀式のときなどに神に供えるものとして捧げられるが、幹から切り離された小枝にはそのように、捧げモノとしての価値が現れる。

枝がいっそう実用へ歩み寄れば、枝は杖という呼称に変身する……、道端に落ちている小枝を見ていると、杖の原形を思わずにはいられない。

わたしたちのなかにはまた、怒った老人のひとつのイメージとして、杖を武器としてふりかざしている姿というものがある。

実際杖は、積極的な攻撃手段には足りなくても、少なくとも防衛手段にはなりそうである。

ひとを痛めつけるものとして、刑罰の道具になっていたという史実はある。

わたしは辞書以上の知識を持たないが、例えば『字通』を繙けば、漢・魏以後の中国には、臣下や国老に杖を賜ることが最高の礼遇とされたのと同時に、杖を刑罰の道具としたことがあったと記されている。杖で罪人の尻を打つ杖刑(じょうけい)である。大宝令(大宝元年・七〇一年に、刑部親王や藤原不比等らが制定したもの)のなかには、五刑のひとつとして、定められていたという。

ちなみに、この五つの刑罰とは、軽いほうから、笞刑、杖刑、徒刑、流刑、死刑。最初の笞刑は細長い竹の棒などで尻をたたくこと、杖刑は、もう少し太い棒(杖)で尻をたたくことである。

ところで杖は、「言葉の杖」のような使われ方をして、ひとを支えるものとしての象徴となることがある。

言葉の杖――ひとを支える「杖」としての言葉というのが本来の意味なのであろう。しかしとっさにわたしが思ったのは、「言葉」がつく「杖」のイメージであった。うまく歩けない言葉が、くちごもりつつ、杖を片手に、よろよろ歩いている……。

杖を持った室生犀星の写真がある。死の前年、中折れ帽をかぶった着物姿の犀星が、ステッキを両手で持って軽井沢の犀星文学碑前に立っているもの。

また、それより大分前、昭和十二年、満州・ハルビンにて撮影された写真もあり、そこでもすでに犀星は、杖を持って寒そうに背中を丸めている。このとき犀星は、四十七歳。四十代から杖を持っていたということだ。これには、ちょっと驚いた。

犀星は、子供のころ吃音だった。彼の書く文章は、ごつごつとしたふしがあって、獣の呼吸のごとく荒く生々しい息遣いがある。一種の「悪文」であるといわれてきた。バスのステップを独自のテンポで降りていった老女のように、犀星はまさに不規則な足音をたてて文を書いた。

杖、それは犀星にとって、眼鏡のように必要不可欠な日常の道具のひとつであったに違いない。けれど写真をじっと眺めていると、同時にどこか孤独な玩具として犀星に寄り添っているように見えてくる。

犀星の手が握った杖の頭。地面を突き、たたいたであろう杖の先。どこへ急ごうとしていたのだろう。あるときは会合へ、あるときは女のもとへ。そのたびに杖の先へ伸ばされたに違いない孤独な視線を思って、わたしは一瞬、犀星の杖になり、犀星とともに散歩する。

黒雲の下で卵をあたためる

目をあげると電車はいつのまにか、終点の新宿に着いていた。ギュンター・グラスの詩集を読んでいたのだ。一瞬わたしは目を疑った。まるで光速の電車に乗っていたようだった。日常の時間感覚が、詩の力によってかきみだされてしまったらしい。

小説『ブリキの太鼓』の著者として広く知られている作家だが、年譜を見ると、十歳のころから詩を書いている。一九二七年生まれとあるから、今年、七十八歳。

小沢書店から刊行された『ギュンター・グラス詩集』(飯吉光夫編訳)には、吸殻(に見えるのだが)を所在なげに持った、グラスの写真がのっている。いかめしく、ごつつい面構え。ドイツ人を父に、西スラブ系のカシュバイ人を母に持ったひとだという。風雨にさらされた岩のようなその無表情は、詩人というより、頑丈な靴をつくる靴職人の親方のようだ。豊かすぎる口ひげが彼の内面を、うまい具合に隠しているように見える。この顔から怒りの言葉が発せられるのは容易に想像のつくことだが、ぞっとするようなやさしい言葉を、年に数回、吐くのも似合いそう。いい顔だなあ、とわたしは思った。

表情といえば、ここ、二十一世紀の日本の電車のなかで、さきほどわたしは奇妙なものを見た。携帯電話を熱心にのぞきこむ、ひとりの中年すぎの女性がいた。彼女の顔には、年相応の皺と疲れが、はっきりと刻まれているのにもかかわらず、その視線、その仕草、その身体が発するものが、十代、二十代の若者のそれと、まったく変わらない。彼女の表情からは、成熟という豊かな時間の堆積が、べろっと剝がれ落ち、一瞬にして掻き消えてしまっていた。これはどういうことなのだろう。

ケータイをのぞきこむ人々の表情のなかに、一瞬、立ち現れる、兄弟のような奇妙な類似。年齢や性などの個の差異が消え、みな「のぞきこむ人」という抽象的な人になっている。

そもそも何かを熱心にのぞきこむという表情は、この機器が急速に普及する前は、私的な空間に隠されていたもので、公開されるようなものではなかった。のぞきこむといっても、本を読むようなときの表情と違い、携帯電話のそれは、自分自身をくまなく熱心にのぞきこんでいるように見える。その意味では、化粧するために鏡をのぞきこむのと同じ行為で、そういうものを見せられるわたし自身が「のぞいている」という気分になる光景だ。彼女はわたし自身のようでもあった。今では至るところに見受けられる当たり前の光景だが、あれはやっぱり、どこか気味が悪い。

ギュンター・グラスは、たとえばこのような、当たり前の「日常」を書いた詩人だ。誰もが見ていて、見えている日常。しかしその日常からは覆いが剝がされ、時にグロテスクな面が現れ出る。彼自身、自分の詩について次のように語っている。

自分が書く詩においてぼくは、鋭すぎるほどのリアリズムによって対象を、あらゆるイデオロギーから解放するよう試みる。対象を分解し、再度組み立てるよう試みる。遺体担ぎ人があまりに深刻ぶった顔つきをしているので、かえって死んだ人間に心からなる同情を寄せていないことが暴露され、儀式ばった態度がお笑いになってしまうような、つまり、そのようなお体裁ぶりが困難になる状況に対象を投じるよう試みる。

（前掲『ギュンター・グラス詩集』所収、「詩作について」より）

また、別の稿では、自分自身について「骨の髄からの機会詩人」とも語っていた。「機会詩」というのは、見たこと、聞いたこと、体験したこと（「とりたてて大きな体験でなくてもいい」とグラスは書いている)など、何らかの現実のできごと(機会)が、契機となって生まれた詩のことだ。

つまりグラスは、言語の実験詩人でなく、現実から詩をくみあげ、詩の訪れる機会を「待って」書く詩人である。このあまりにもシンプルな詩作の方法は、今では馬鹿みたいに聞こえるかもしれないが、わたしには、時代を超えて真摯に響く。現実との拮抗。その摩擦のなかで詩が生まれている。このように考える者にとって、確かに詩は訪れるものである。しかし、それは詩人個人に、あまりにもひっそり訪れ、ほかの人には見えないものだから、時にはその詩を読んでも、いったい何が起こっているのかわからないことがある。いや、何も起こっていないようにさえ見えることがある。次に掲げた「黒い雲のバラード」という詩は、この訳詩集のなかで、とりわけ惹かれた一編だ。

左官屋が残していった
砂場で
めんどりが一羽、卵をあたためていた。

左手の、いつも列車が
やってくるほうから、
黒雲がもくもくとたちのぼった。

そのときのめんどりの態度は非のうちどころがなかった。
やはり左官屋が忘れていった
石灰をひたすらせっせと食べていた。

雲はみるみる膨れあがった、
わだかまった黒々とした姿のまま
ひろがってきた。

めんどりと彼女があたためている卵とのあいだの
つながりは、
真摯そのもの、繊細そのもの。

黒雲は
この非のうちどころのないめんどりの上にさしかかったとき、
すべての黒雲がそうするように垂れこめた。

そしてめんどりも、
頭上に黒雲がせまってきてもすべてのめんどりがそうするように
じっと動かずにいた。

ぼくはこの様子を
左官屋の物置のうしろから
見まもっていた。

稲妻の一閃たりと
黒雲から走り出るでもなかった、
めんどりに襲いかかるでもなかった。

鷹の一羽たりと、
雲から舞い出て、
非のうちどころのないにわとりの羽根めがけて降下するでもなかった。

左から右へと黒雲は
汽車のように
通過していった、小さくなった。

そして誰も知る者はない、
黒雲の下の、左官屋の砂場の
めんどりのお腹の下の、

あの四つの卵に、何が起こったか。

日常の目に見える階層では、何ひとつ変化がおきていない。黒い雲が、卵をあたためているめんどりのうえをゆっくり通過していっただけだ。日常は、あのグラスの風貌に似て、おそろしい無表情でそこに横たわっている。流れている時間の肌触りは、テーブルにこぼれた濃い蜂蜜のよう。いつもの「一秒」が、巨大な宇宙の目盛によって測りなおされ、膨大に太り、ここに差し出されているように感じられる。

読んでいるとき、小さな穴から、詩に表された日常風景のすべてを、こっそりとのぞいているような気もした。この詩を読むことは、世界のなかのしめやかな秘密を詩人と共有し、共犯者になることなのだ。

この詩には、黒い雲が移動していったという日常風景に、もうひとつの光景が重ねられている。黒い雲が移動していくあいだの、数秒、数分を、左官屋の物置のうしろから見守っている詩人の姿である。

黒い雲とめんどりを見守っているのは詩人ばかりでなく、すべてのこの詩の読み手たちでもあるが、見つめる者の姿が描かれたことで、この詩を読む者はいつのまにか、この光景を見ている自分自身をも、遠くから見つめているような気持ちになってくる。見ている自分を含む、この世界全体を眺め渡す目は、いったい誰のものなのか。黒い雲の目？　それとも神の目？　自分が読んでいるのに、わたしは次第に、そのことからも自由になっていく。いったい、誰がこの詩を読んでいるのか？　と。

めんどりがあたためていた卵に、何か変化が起きたのだろうか。いや、何ひとつ、起きているはずがない。しかし、何らかの変化が――気がつかないほど少しずつ、そしていつのまにか決定的に、一人のニンゲンが変わってしまうときのように――起きていないなどと断言できるだろうか。そう思うとき、黒い雲が疑念のように、心を静かに横切っていく。日常のなかの、まだ、かたちにならない不安が、卵のようにあたためられている。いつか雛がかえるように、不安の卵から事件がかえるのか。変化というものは、このようにまだ、何も起こらない時のさなかで始まっているのだ。

嵐の来る直前。日常は、数分後に続く、雷雨の予感をいっぱいにためて、不気味にグロテスクに眼前にある。風は生ぬるく、どんよりと吹き、木々を揺らし、隣家の洗濯物を揺らしている。わたしも、かつて、こんな風景を見た。いつ、どこで見たものだったか、思い出せない。思い出せないのに、このような風景を、わたしは「知っている」と瞬時に思う。

この詩を読むと不安になるが、その不安はわたしのよく知る、わたしのものでもある不安だ。不穏の卵をこころのなかであたためている、わたしもまた、黒雲の下のめんどりだった。

黒い瞳

「あなた、子供のころに、悲しみがあったでしょう。とても苦しかったわね」

トルコのコーヒー占い師、グライ・サフキさんの言葉を、通訳のエルダルさんが、即座に日本語にして伝えてくれる。

そう、確かに。確かに子供のころ、わたしには悲しみのようなものがあった。でも、それを、大人たちが口にするようなニュアンスで、「悲しみ」と呼んでいたかどうかはわからない。それに、どんな小さな子供にだって、この世に生まれてしまった以上、自覚とは関係なしに、悲しみというものは宿っているのではないのかしら。だから占い師のこの言葉は、わたしだけにあてはまるようなものでなく、万人に通用する普遍の言葉なのだ。

そんな、占いの言葉のカラクリを前にして、けれどわたしは妙に素直だった。彼女の言葉が、重力に従う水滴のようにまっすぐ心に落ちてきたのだ。そして子供のころの自分自身が、イメージのなかに雷光のように現れた。九歳のころのわたしだった。

「何か、家族と問題があって、それで苦しんだ、悲しみましたね」

そうかもしれない、とわたしは思った。しかし、具体的なことは何一つ思い出せなかった。

「苦しみましたね、でも、もう大丈夫」

重ねて続けられるサフキさんの言葉が、目を閉じたわたしの内部の暗闇を光のように通過していく。いつしかその声は、サフキさんを離れ、もっと遠くの、もっと大きな存在の穴から聞こえてくるようだった。

気がつくとわたしは泣いていた。最初のなみだが目からすうーっと落ちると、そのあと、なかなかとまらなかった。異国の地で、家族と離れ、気分が感傷的になっていたのだろうか。それとも、自分しか知らないはずの自分の生に(いや、もしかしたら、自分さえ知らない自分の生に?)他者が触れたことに慰藉をもらったのか。あれ、わたし、泣いている。こまったことだ。それはわたしが泣いているというよりも、九歳のわたしが泣きたりなくて、しくしく泣いているような感じだった。

番組の旅人役として、トルコのトプカプ宮殿に行ってみませんか。そんな突然の誘いを受けて、初めてトルコに行ってきた。一行はわたしのほか、カメラマンのIさん、音声のSさんに、ディレクターのSさん、そして、通訳のエルダルさん。

トプカプ宮殿には、十六世紀末から二十世紀初頭にかけて、「ハレム」と呼ばれた聖域が存在した。そこは女性たちばかりが暮らしていた場所で、オスマン帝国の権力者・スルタンやその皇子たち、黒人の宦官たちの他は、男子の出入りが禁じられた空間だった。彼女たちがそこで、どんな生活をおくっていたのか。現代につながる歴史をさかのぼりながら、その心の闇を探ってみようというのが番組の目的だった。

当時、ハレムの女性たちの間で、はやっていたというもののひとつが、このコーヒー占い。飲み終わったあと、カップの内側にコーヒーの粉かすがどろりと残るが、その模様で飲んだひとの運命を占うというものだ。

トルコのコーヒーは、とても甘い。それを掌で包めるほどの小さなカップで飲む。現代のトルコにも、この占いは健在で、街中では、曜日によって占い付きのコーヒーを出す喫茶店も増えているらしい。

一種の遊びには違いない。しかし、この遊びには、どこか一点、抜き差しならない真剣味がある。占いというものは概してそういうものだ。「あたる」と「あたらない」、「偶然」と「必然」とを秤にかけるような際どさのなかに、ふいに現れる真実の味がある。遊びとはいえ、ひとりの人間の生と死に、言葉を通して関わってしまうのだから。

そうなのだ。占いでわたしが恐ろしいのは、占い師個人でも、占いという行為でもなく、占いを通して、そこに出現してくる、言葉というもののちからなのだ。一度、この世に出現した以上、その言葉はもう二度と、もとに戻ることはできない。起きてしまったことは前へすすむしかない。そこから何かが始まってしまう。言葉が現れるということは、実に恐ろしい。

現実というものは風景のように、わたしたちの目の前に次々と展開していくものではなくて、もしかしたら言葉が現実を作っているのではないか。言葉が現実を引き寄せてしまうのではないか。占いを通して感じたことは、そんな言葉の魔性のようなものだった。

グライ・サフキさんが暮らすのは、イスタンブールのサルイェル地区。海辺の静かな漁村である。普段は主婦で、占いは職業ではないが、よくあたると地元では評判のひとらしい。結婚したあと、四十日間、外出してはいけない、と言われていたのに、うっかり外へ出てしまい、それで魔物がとりついて、占い師になってしまったということだった。よくできた話だが、信じてみたい話でもある。

アパートの地下一階にある家に、靴をぬいで、あがらせてもらった。豊かといえるような住まいではなかった。小さな玄関をあがると、すぐに台所。狭い廊下には、荷物が雑然と置かれ、収納できずにモノがあふれている。居間へ通された。居間も質素だ。質素なソファ、質素なテーブル、壁飾り。テレビが付けっぱなしになっていて、そのなかでは肉感的な歌手が、トルコ語のポップスを歌っていた。

そこへ、彼女の旦那さまが現れた。ちょっとチンピラ風で、ひらひらしたシャツを着て、えへらえへらと、笑っている。なんだか、頼りない感じである。髪結いの亭主でなく、占い師の亭主。

一方、サフキさんは、どうどうとしている。しかも美しい。冷たさというものがひとかけらもなく、とてもあたたかそうな小麦色の肉体をしていた。子供が二人いるが、まだ小さい男の子のほうは、占い師である母を独占したい。彼女にまとわりついて、ぴったりくっついているときなど、実に幸せそうな表情をした。もうひとりは、ちょうど九歳くらいの女の子。わたしたちへの好奇心を抑えられず、おおきな目をきらきらと輝かせていた。

トルコでわたしは多くの子供たちを見た。なかには物売りとして、厳しい現実を生きる者もいたが、みな、ひとなつっこくて、大人と対等に生きてやろうという、野性と生命力、度胸にあふれた子供たちだった。大人の男(多分、父親だと思うが)が、小さな男の子をつれている光景がよく目についた。子供の首根っこを太い指でつまんで、まるで、「いたずら猫を一匹つかまえましたよ」というように、歩いているのが印象的だった。

また、あるときは、小さな女の子がしくしく泣いている場面を見たこともあった。母を見上げ、懇願するような表情をしている。親のほうはすげなくはねつけていて、なんだか、わたしまで泣きたくなってしまった。あの子は、まるでわたしそのもののようだったから。

そして、思ったのだ。ああ、そういえば、だれもがこころのなかに、あんな子供を、ひとりずつ住まわせていたのではなかったかと。大人になると、大声をあげて泣くことができない。そもそも、そんなことを、あまりしなくなる。なぜ、大人は泣かないのか。そういうものなのだ。けれど時々、わたしたちのなかの小さな子供がぐずりだす。わたしたちのなかに住んでいる子供は、悲しみの原初の姿ではなかったか。

わたしの目から、涙が流れ始めたのを見て、サフキさんが、重ねて、静かに言った。

「あなた、ほんとうは、号泣したいのじゃない?」

号泣という言葉を聴いて、わたしのなかで、なにかが、ぷちっと壊れるような音がした。ああ、確かに、心の奥に、わたしの悲しみの核のようなものがある。わたしは目をつぶり、イメージのなかを、ぐんぐんと、その核に向かって進んでいった。そして、そのはてに現れたのは、わたしという赤ん坊が、この世に現れた瞬間の光景だった。不思議なことだ。自分の誕生の瞬間を、誰ひとり見たものはいない。見たはずのない、見られるはずもない、あのときの光景を、さきほど見たのは、いったい誰なのか。誰の視線なのか。ああ、あそこから、悲しみが始まったのだ、とわたしは思った。わたしが生まれた、あの瞬間に。


占いが終わったあと、わたしに残されたのは、過去、現在、未来にわたる自分の生涯が、わたしのなかを、超高速でかけぬけていったような感触だった。発熱したような脱力感を抱いて、わたしはサフキさんに別れをつげた。すると、彼女は言ったのだ。

「あなた、いま、生まれ変わったような表情をしているわ」。

とぼとぼと階段を昇り、道へ出た。濁った水溜りのような目をしたおじさんが、チャイを飲みながら、わたしをじっと見ている。おじさんは、何もしていない。ただ、道ゆくひとをじっと見ているだけだ。

見上げると、向かいのアパートの二階の窓辺で、風もないのに、カーテンが揺れている。その向こうに、こちらをのぞく、女の漆黒の瞳が見えた。自分自身の目とぶつかったようだった。あたたかいような、つめたいような、忘れられない瞳だった。

沃川へ

いいお天気だ。ソウルから黒いバンに乗って三時間くらい。わたしは、沃川(オクチョン)という、のどかな町へやってきた。韓国でも愛読者の多い近代詩人、鄭芝溶(チョンジヨン)。彼の名を冠した文学祭が、毎年五月、故郷であるこの地で開かれている。詩人でもあり翻訳家でもある韓成禮(ハンソンレ)さんから電話があったのは、ほんの一週間くらい前のことだった。

「詩のお祭りがあるのです。ぜひ、参加してください。気軽に遊びに来るつもりで」

「わたしは何をすればいいんですか？」

「鄭芝溶の詩を、一編朗読してくれるだけでいいのです」

まもなくその詩「ガラス窓1」が送られてきた。十行ほどの短い詩で、こんなふうに始まる。

　ガラスに、冷たく哀しいものが揺らめく。

虚しく寄り添い、息を吹きかけると
なれ親しんだ様に凍った翼を羽ばたかす。

よくわからないし(わからないといえば、詩はいつだって、どんなものでも、わたしには、すべて、よくわからない)、どこかロマンチックで古めかしくも思えた。しかしこれを読んで役目が果たせるというなら、喜んでなんでもいたしましょう。断わる理由は見つからなかった。

問題は、ないわけでもなかった。忘れてはいけないが、わたしには子供がいた。迷っていると、電話の向こうの人は察しがいい。「お子さんも連れてきなさい、みてくれる人がいるから」。なかなか言ってはもらえない言葉だ。わたしの気持ちは一気に楽になった。もっとも連れていくとなると、そこにはまた別の責任が生じる。家族の協力をとりつけ、わたしは結局、単身で行くことにした。

産んで後悔したことはないが、こうして、ものごとを「即決」できなくなったことだけは、いまだに自分がまどろっこしい。心は決まっていても、わたしの行動で不便を被る人、家族がいる。被害を最小限に押さえようとすると、心は混み入って、決行を決めた瞬間は、いつだって、できものがつぶれるときみたいに、やぶれかぶれだ。

そのやぶれかぶれの心のままに、韓国へとやってきて、沃川の澄み切った空気を吸ったら、日本でのあらゆる鬱屈も、みるみる晴れていくようである。

羽田を発ったのは昨日の夜。その日十一時にソウルへ着いて、韓さんは空港に迎えに来てくれたのだったが、やぶれかぶれは韓国にもあった。ここからは昨夜の記憶。ホテルで簡単な打ち合わせをすませたあと、さて、寝るかと思っていると、マッサージに行きましょうと韓さんが言う。

「ええっ？　今から？」

「そうよ、二十四時間営業だから、大丈夫」

彼女には、疲れたわたしをなんとか休ませてあげようという、実に親のような心がある。それにしても、おそるべき活力。疲れをとるためには、休んでなんかいられないのだ。

日本でいえば、サウナもある総合施設みたいなところに、韓さんはわたしを連れていってくれた。午前四時ころまで、女二人、体をあたためたり、マッサージを施してもらったり、ヤクルト(?)飲料入りの生ジュースを飲んだりと「裸のつきあい」をして、いつのまにか肩こりは解消。とはいえ翌日は寝不足である。

あれからわたしをホテルまで送り、そこから郊外の自宅へ自ら運転して戻っていった韓さんは、おそらくほとんど眠っていない。なのに彼女は朝から元気だった。

　沃川へ向かう車のなかには、わたしたちのほか、韓さんの教える翻訳クラスの生徒、美しき金(キム)さんも乗り込んだが、車が走っているあいだ、韓さんは金さんに向かって、ひっきりなしに韓国語でしゃべり続けていて、その内容がまるで理解できないわたしには、韓さんが金さんを「叱咤激励」しているように聞こえた。

　歳若い金さんは、至極素直に、ねー(はい)、ねーとあいづちを打つ。ほおっ、韓国語って、なんてパワフルで華のある言語なんだろう。そんなことを思って、わたしはうつらうつらの半醒半睡。

　途中、高速のサービスエリアで休憩したが、「小池さんに眠ってもらうために、あえて日本語を遮断して、韓国語でしゃべっていたのですよ」と韓さん。まあ、そうなの、と驚いたわたしは、「ありがとう。韓国語が子守唄のようでした」などと言ってから、あら、そうかしら、なんだか違うと、自分の言ったことに自分で違和感を覚えておかしかった。

　韓国語は、音楽的だが子守唄のようではない。実際、わたしは眠ろうとして眠れず、むしろ目が覚めて、背骨が伸びてきた。韓国語のせいかしら、それとも韓さんのせいなのかしら。やぶれかぶれはまだまだ続く。

「沃川へ着いたらすぐに食事にしましょう」

ソウルを発つとき、そう言った韓さんだったが、停まった高速のサービスエリアで、何か食べようと言う。

「ええ？　これから、ごちそうを食べるんじゃないの？　いまここで食べたら、お腹がいっぱいになっちゃうわよ」

「まあ、いいじゃない」

そう言って、「おやき」みたいなものを買ってくださる。親分には逆らえない。しかし従って正解だった。なんというおいしさ！　男の運転手さんは「けっこう」と辞退され、女三人で六枚を分けた。おやきのまんなかには、黒砂糖が薄く入っている。

「これ、なんというの？」

「ほっと」

ほかほかしていて、身も心もあたたまる。なるほど、HOTか、と頭のなかで勝手に変換したが、あとで調べてみると、韓国案内の本には、「ほっとく」と出ていた。「とく」とは餅。確かにもちもちとしている。韓国ではおなじみのスイーツらしい。

そんなこんなで、沃川に着いたのは、午後一時をまわったころだった。

芝溶祭（ジヨンジエ）は、町全体を巻き込んだお祭りだ。鄭芝溶の生家や、すぐ近くに建つ文学館を中心にして、テント内では詩の朗読やレクチャー、すこし離れた場所では、のど自慢大会や鄭芝溶文学賞の授賞式なども行われている。

張られたテント内では、すでに多くの人々が集まっていて、立食で昼食を楽しんでいた。韓さんの翻訳クラスの生徒さんたちも、七人、八人、九人と合流する。

最初、韓さんから鄭芝溶の名前を聞いたとき、即座にはわからなかった。手元の『朝鮮詩集』(金素雲訳／岩波文庫)や『再訳 朝鮮詩集』(金時鐘訳／岩波書店)を開くと、そこには「鄭芝溶」の名前がしっかりとある。一九〇三年(生年は一九〇二年とも)、忠清北道沃川に生まれたこの詩人は、戦前、同志社大学に留学していた。『朝鮮詩集』を世に出した金素雲とは同世代。白秋らの後押しを得たことも共通している。同志社を卒業と同時に帰国して、終戦、解放を迎えた。

「朝餉(あさげ)」という詩を引いてみよう。まずは原文に忠実な金時鐘訳から。

陽射し　咲きだして
しばし　のち、
ゆら　ゆら

谷間を移ろう雲。

桔梗の蕾
揺らして　浄（きよ）め

珪砂の中から
すくすく　筍（たけのこ）　生え出るごとく

水音に
歯が沁みる。

程よい座り場を選び
日向にうずくまり

うらめしい鳥となって
白いめし粒を　ついばむ。

一方、金素雲訳は、驚くほどの簡素さだ。

日出でゝ
暫し、
凜々
谷移す雲。
桔梗の蕾
搖れ淨まり、
筍さながらに
石の根の生(お)ふ。
歯に透(とほ)る。

水の音。
日向擇(よ)りて
うづくまり、
鳥とわびて
白き飯啄(いひついば)む。

政治的・歴史的背景をまったく無視してこの二つを眺めれば、わたしはむしろ、文語・旧仮名遣いの後者、金素雲訳に容易に惹かれてしまう。朝鮮半島が日本の統治下にあった時代、当地では朝鮮語が排除されていくなか、白秋ら当時の日本詩人たちによって賞賛された、金素雲訳の日本語の「美しさ」。

二〇〇七年に出た、金時鐘氏の再訳は、その「美しさ」への批判的検証であり、当時、「皇国少年」でもあった自分自身と母語を見極める作業だった。そのことを今、改めて認識しながらも、わたしは金素雲訳の含みをもった日本語に、執拗にも、強烈な懐かしさを覚えないではいられない。

日本に戻ってきてから、図書館で『鄭芝溶詩選』(花神社)を見つけ読んでみた。この本の訳者の一人である佐野正人さんが、「あとがき」で鄭芝溶の最後について書いている。

朝鮮戦争が勃発した後のこと、ある日何人かの若者が鄭芝溶を訪ねてきた。彼は「『ちょっと行って来る」と言って彼らと家を出た後、行方不明となったと言う」とある。拉致されたということなのか。鄭芝溶の作品はそれ以来、「公に読まれないままであった」が、「解禁されたのはようやく一九八八年の民主化以後のことであった」という。

そしてわたしが文学祭で朗読した「ガラス窓」という詩が、子供を亡くしたときに作られたものだということも、この「あとがき」を読んで知ったことだ。詩は、「あ、君は山鳥のごとく飛び去った。」と終わる。君とは長男のことだったのだ。

沃川では、こでまりに似た、小さな白い花群れを見た。枝の先が、花の重さで垂れ下がっていて。その風情に、思わず、何という花ですか？　と声をあげると、誰だったか、女の人が、「あじさいです」と即答してくれた。そのやさしい声が、まだ残っている。

戦争と政治に振り回されながら、ふうっと消えてしまった鄭芝溶。その苛烈な最後を思いながら、わたしは、あたたかな人々に別れを告げ、沃川への旅を終える。

そう、わたしは確かに沃川へ行った。だが行ったとは、いかにも沈着な言葉である。わたしは「詩のふるさと」へ、帰還したのではなかったか。

連詩の時間

二〇〇三年十一月、静岡で初めての「連詩」を経験した。五人の参加者が、五行と三行を交互に書いてつなげていく。連句や連歌ほど規則にしばられないとはいえ、行う前には、理由のない不安と抵抗感があった。しかしやってみれば驚くほど楽しくて、わたしはすっかり夢中になってしまった。

「座」というものは、そのなかにいる者たちが楽しんでいれば楽しんでいるだけ、そこからはじかれている外側の人間を、醒ましてしまうということがある。現代の詩人たちは、「連詩」に多くが無関心だったり、アレルギーを持っているように感じられる。わたしも行う前は、そのうちの一人だった。そしてそこには、人間同士が集まり、関係することによって生じるなにものかへの、疑義や恐怖心、また、嫉妬心のようなものがからんでいるような気がする。

また、ひとつの作品として、連詩の成果を見たとき、わたしには、それらが、どれももうひとつ、わかりにくいものであった。ひとりの詩人によって書かれたひとつの作品、あるいは一冊の詩集を読むようには、連詩の作品を読むことができない。連詩によって創られた作品は、一人が創ったものよりも、もっとずっと混沌としており複雑である。ときには、ばらばらなかけらの集合のようにさえ見える。読者が、これを紙の上で読んだときに、はたしてどれほど楽しめるのであろうかという、素朴な疑問があった。

今回もそうだったが、連詩発表の際に、前の詩のどこを、どう受けて創ったのか、口頭で説明が行われることがある。そういうかたちで、読者を、詩が創られたまさにその時間そのもののなかへ戻すようなことをするのも、この「輪」のなかの当事者と読者の溝を、解消しようとする試みなのかもしれない。

ひとりの人間によって一編の詩が書かれるといっても、そもそも言葉というものは一人だけのものではない。たとえば、わたしが、「水」という言葉を書き付ける。その瞬間に、「水」という言葉のうしろに、歴史の棒がするするとのびる。そのなかで、このひとつの言葉に込められてきた、さまざまな記憶がぶつかりあい反響する。わたしは言葉を通す、からっぽの管のようなもの。言葉につまっているさまざまな記憶を、書き付けるたびに、ゆさぶりながら、そのほんのはじっこを紙のうえに落とすだけだ。

そしてどんな言葉も、その源をたどっていけば、いつもきっと死者にいきつくことになる。数からいえば、いま、生きているわたしたちよりも、常にいつも、死者のほうがずっと多い。言葉というものをささえているのは、死者たちであるといってもいい。そういう意味でいえば、そもそも詩を書くというのは、生者と死者の共同作業であるともいえる。

それに何かが生まれる源には、すべて「関係」が生じている。それだけが単発に出現するということはない。詩が生まれる瞬間には、わたしと対象物の、わたしと言葉の、言葉と言葉の関係が生じる。しかし、詩を書くうえでのそうした「関係」は、すべて、観念上の関係である。連詩の現場では、それを実際に目に見えるかたちで、生身の人間同士、しかも公開しながら行うのであるから、前述のような不安と抵抗感が生まれても不思議はない。

しかし当事者になってみれば、こうした、あらかじめの不安などは、どこかへ飛んでしまい、とにかく、この場へざぶんと飛び込もうという、好奇心のほうが勝っていた。あとは現場でゆっくり考えればいい、そんな気持ちで、わたしは三日間の創作にかかった。

参加したのは、例年の舵取り役、大岡信さんを中心として、日本側が、詩人の四元康祐さん、そしてわたし。オランダから、ヘンク・ベルンレフさんとウィレム・ファン・トールンさんの、二人の詩人がやってきた。彼らはオランダで、すでに大岡さんと連詩を体験しているひとたちだ。

眺めのいいホテルの二十五階が、連詩の創作現場だった。前夜、大岡さんから、最初の詩を創るように指名された四元さんは、次のような五行をもって始められた。

本当ですか、オランダ語には
「水平線」を意味する単語が四つもあるというのは
ランボーの見たスマトラの海、北斎の見た駿河の海
ヴィーナスの下腹のように
わたしたちの眼下で言葉の水平線が上下している

実際、オランダ語には、四つの水平線を意味する言葉があるらしい。そして部屋からも実際に、遠方に太平洋の海が見えた。こうして実際に見えている光景と、見えない言葉の観念の世界を、水平線という言葉がつなぎ、わたしのなかで航海のイメージが、連詩という共同作業に重なった。

創られたものは、ひとつひとつ、大岡さんによって、大きな巻紙に書き取られていく。この巻紙は、あとになって眺めると、たいへんに感動的な足跡である。すべてが終わったとき、会場に掲げられたその墨の文字のあとを、わたしは、山脈を眺めるように眺めた。文字の意味を追うことなく、ひとつの形として。それはまた、交響曲の楽譜のようでもあった。ああ、ここに、時間が確かに流れたのだ、とわたしは思った。

やっているときには、前のひとと後のひととの関係に目をこらすだけで、ついぞ、全体に思いをはせる余裕がなかった。終わってみると、ふいに全体が、ふいに五人の存在が、ひとつのかたまりとなって現れる。それは驚くような感触である。

大岡さんは、連詩に関連して、細部のかけらを集めると大きなひとつのリアリティが現れるということを言っていた。巻紙に写し取られたすべての文字の連なりを眺めているとき、確かにわたしにやってきたのは、このどかんとした、大きなひとつの塊の感触。それをリアリティと言っていいのかわからないが、まるで、ひとつの、「ひとの生涯」、あるいは、「ことばの生涯」を、見渡しているような感慨があった。わたしは細部を書いた。そして、その細部を書いているときに流れていた時間があった。そうした時間の細部までが、ありありとした輝きでひとつひとつ蘇り、この終わりという一点に向かって、逆流しながら流れ込んできたのだった。

連詩とは、まるで、生きることと死ぬことを、言葉のうえで体験するようなものだ。自分の最後の番が終わり、それを次のものへ手渡したとき、わたしは、心から解放されたが、そのとき、わたしには、よろこびと、そして、同じくらいの重さの非常なさみしさが、やってきた。わたし自身が死ぬ瞬間も、こんな感じなのではないかしらと、思わせるような一瞬だった。

それからまた、これもまた巻紙を眺めながら思ったことだったが、連詩では、書かれた言葉以上に、行間の持つエネルギーが大きい。行間といっても、つまりは、一つの詩と次の詩の「あいだ」のことであるが、一人の書き手によって書かれた詩の行間よりも、深い断絶が感じられる。

この峡谷において、言葉の贈答が忙しくなされ、個の言葉から普遍の言葉への奪還があり、風が変わり、風景が折れ曲がる。連詩の行間には、言葉を変化させる、濃い水溶液がたまっているようだ。ここを通過する言葉が、どんな変容を見せてくれるか。それを眺めることはよろこびであったが、読者にとっては断絶が断絶のままに残されることもあるのだろうと思った。

しかもこの行間は均一でない。ある箇所では、ひどく深いみぞがあき、ある箇所では、ごく細い空白があくだけだ。特にわたしは、前のひとの詩から、なかなか遠くへ飛ぶことができなくて、足踏みすることが多かった。そういうわけで連詩の行間は、つなげる人々の組み合わせによって、不均等となり、ひどくでこぼこして、作品としてみたとき、美しい球体というわけにはとてもいかない。ふできなくだもののようにも見える。

でも、わたしには、この不均衡な行間がつくる、穴の開いた感じがとても面白かった。連と連とがなめらかに流れていかず、つまずきそうになっているありさまに、かえって、自由で豊穣な未完成品を感じたのだった。ときには、まるで凡庸な、まるで捨てられたような、なにげない三行が、次の飛躍を生むこともある。凡庸と非凡、完成と未完成が、この場所では静かに、価値を逆転する。

そうして、わたしたちが作った四十の詩のかけら。もしかしたら、詩は、この残されたテキストのなかなどにはなく、つなげていったあの行為のさなかに、不意に現れ、また消えていったのではないか。結果でなく、行為そのものが詩であるとするなら、連詩は、やはり、やってみるしかないということになる。

文字を書きながら、どこか深いところで、わたしが書く文字、わたしの脳がつむぎだす言葉を、翻弄するような「身体」があったことも思い出す。

わたしが書くとき、わたしはその前後で、二人の人間と関係することになる。実際は、その人の残した言葉と接触するわけだが、そこには、そのひとの芯に、じかに手が触れたような、とても生な身体性が介入する。それは、なかなか官能的なことだった。ひとの書いた言葉に関係するといっても、普段はせいぜい読むだけだから。つなげるというかたちで接触し介入するとき、身体と心に静電気がおこるのである。

連というものが終わってみれば、それ自体がひとつの巨体であったような気もした。今回は、オランダ語から日本語への翻訳の時間もあって、日本語へ翻訳する際に、翻訳者の近藤紀子さんを中心にして、みんなでがやがや悩んだことも楽しかった。三日間のなかで、異言語を使う詩人同士が与え合った不思議な影響もある。

ほかのひとのおしゃべりが聞こえる、まったくオープンな環境のなかで、言葉を書くという経験も初めてだったが、そんななかで、ふと、まわりにいるひとたちが見えなくなって、目の前の白い紙に心が吸い寄せられていった瞬間が、忘れられない。宴のなかの青白い孤心。詩を書く上での様々なヒントが、ばらまかれていた数日であった。

かたじけない

久生十蘭に「母子像」という作品がある。美しいが鬼のような母を慕う、青年・太郎の悲しい話。初めて読んだときは、次のような一節に、ぞっとして立ち止まったものだ。


「そろそろ水汲みに行く時間だ」

太郎は勇み立つ。洞窟に入るようになってから、一日じゅう母のそばにいて、あれこれと奉仕できるのが、うれしくてたまらない。太郎は遠くから美しい母の横顔をながめながら、はやくいいつけてくれないかと、緊張して待っている。

「太郎さん、水を汲んでいらっしゃい」

その声を聞くと、かたじけなくて、身体が震えだす。母の命令ならどんなことだってやる。磯の湧き水は、けわしい崖の斜面を百尺も降りたところにあって、空の水筒を運んで行くだけでも、クラクラと眼が眩む。崖の上に敵がいれば、容赦なく狙撃ちをされるのだが、危険だとも恐しいとも思ったことがない。水を詰めた水筒を母の前に捧げると、どんな苦労もいっぺんに報いられたような、深い満足を感じる。

あれは幾歳のときのことだったろう。ある朝、母の顔を見て、この世に、こんな美しいひとがいるものだろうかと考えた。その瞬間から、手も足も出ないようになった。……

母という存在に対する、ほとんど、マゾヒスティックな敬愛ぶり。特にひっかかったのは、「かたじけなくて、身体が震えだす」という一文である。かたじけない――時代劇などでは侍言葉としてわずかに耳にするが、現代を舞台にした読み物においては、ほとんど見かけることはない。礼状などで、かたじけなく感謝するという言い方をするひとは、今もいるかもしれない。しかしわたしたち現代人の語彙からは失われて久しい言葉だと思う。読んだ時、そこだけ他から浮き上がった違和感を覚え、しかし、他の言葉ではどうしても言い換えられない、決定的な魅力を感じた。こうしてこの小説は、わたしにとって、「かたじけない」という言葉一つで、そこにそそり立つ作品となった。

漢字では通常、「忝い」と書く。辞書によっては、「辱い」という漢字をあてているところもある。『字通』を繙くと、「忝」も「辱」も、どちらも、はじるとか、はずかしめるという意味を含む字で、そもそも自らを徹底的に貶めることによって、相手を高め、相手への感謝を表すという仕組みを持つ語のようだ。相手が自分に与えてくれたものに比べれば、自分は、ずっと卑小な存在であるという、その差異の感覚が、言わせている言葉に見える。

それにしても、実の親に対して、かたじけなくて身体が震えだすとは。「母子像」の太郎は、絶対的な権力者に対して、生涯の忠誠を誓う家来のようである。二人は本当に親子なのか？　太郎には、普通の子供が親に甘えるような甘えがない。自分が親を愛しているのと同じくらいに、親にも愛してほしいという甘えが見当たらない。太郎が失望して自暴自棄になったのは、自分が愛されないからというよりも、母親の性行為を垣間見てしまったことに原因があった。最初から遠い距離を持った関係であり、その距離のゆえに、いっそう観念としての愛や忠誠心が燃え立っている。

親が子を思うこころは、滅びるものから次世代への、いわば自然な流れ、愛情の順路である。子は親の愛情に「感謝」することはあっても、その愛情に意識的な返答を返さない。子自らが成長し生きることじたいで、親も充分として見返りを求めないし、子もまたそれをもって、親への孝行と考えているところがある。

一方、「母子像」のように、親は子を思わないのに、子が親を一方的に思う場合はどうなのか。これは不自然な流れ、愛情の逆路である。身分違いの恋愛にも似て、ただ、子が親を慕う思いが、どこにも解消されずに宙に浮かぶ。むごく残酷な愛情風景だ。ゆがんでいて倒錯的ではあるが、この徹底的に救われない親子関係には、妙に官能的なものすら漂っている。

確かに子にとって、最初に出会う権力者は、「親」であり、親は子供の、生死をすべてその手に握っている。太郎にとってはさらに、その権力者＝強者＝勝者が、「美」そのものでもあった。彼は進んで敗者となり犠牲者となり、やがて本当に死に至る。通常の親子関係のように、尊敬が感謝へと変形していくこともない。

そのひとの内実とは一切無関係に、ただその存在に対して、「かたじけない」と感じる心。それを一種の妄想と言ってしまうこともできる。かつては天皇に対して、一般民衆が、そうした感情を抱いた時代もあったろう。

しかし、自分自身を振り返って思うが、わたしの生活には、何かを畏怖するあまりに、自分をへこませなければ気がすまないというほどの対象がどこにも見当たらないというのが本当のところだ。これは単に、畏怖する対象の消滅なのか、それとも現代という時代に、それを許さない土壌があるのだろうか。

かたじけないという言葉を眺めることで、わたしたちのまわりの、亡くしたもの、得たものが見えてくるかもしれない。

そんなことを考えているときに、飯島耕一氏の『白秋と茂吉』を読んでいたら、「かたじけない」という言葉が、偶然にも、目に飛び込んできた。本書はすでに絶版となっている『北原白秋ノート』に、新たな論を加えた決定版である。白秋と聞いて、なんとなくわかったつもりでいて、実際には、その作品のごく表面しか知らず、どれひとつじっくりと読み込んだこともなかったわたしには、新鮮で興奮を呼ぶ白秋論であった。

この本のなかで著者は、白秋の『雀の生活』という本の一節を引用している。「かたじけない」は、そのなかにあった。飯島氏に導かれるように、わたしも古本屋さんで『雀の生活』を見つけ出してきて読んでみた。これが面白い。白秋が雀に対して、宗教的とも哲学的ともいえる考察を、子供のような心で綴ったものだ。冒頭には次のような一文が記されている。

雀を観る。それは此の「我」自身を観るのである。雀を識る。それは此の「我」自身を識る事である。雀は「我」、「我」は雀、畢竟するに皆一つに外ならぬのだ。

かう思ふと、掌が合はさります、私は。

そして、こう続ける。

一箇の此の「我」が、此の忝い大宇宙の一微塵子であると等しく、一箇の雀も矢張りそれに違ひは無い筈です。霊的にも、肉的にも。一箇の雀に此の洪大な大自然の真理と神秘とが包蔵されてゐる、……

わたしも雀は好きだ。庭へ来る鳥のなかでも、とりわけかわいい。飼う鳥ではないので、ともに生きる地上の仲間という感じがする。その丸みを帯びた小さい身体が、集団で舞い上がったり舞い降りたり。そのたびに、誰かが握り締めていた祝福が、ばらばらっと地上にばらまかれるような思いを持つ。

だから白秋が、このむしろ地味な日常的な鳥に、ここまで心を寄せているのが、意外でありうれしくもあった。

飯島氏は、このなかの「忝い」にとりわけ注目し、こんなふうに書いている。

「このかたじけない大宇宙と白秋は言う。宇宙存在を思って「かたじけない」と言えた白秋とは一体どのような人だったのだろう。……白秋の持っていた心というものを、われわれは失ったのだ。われわれは自分が何かを失ってしまったという空白感にたえず内心で脅やかされているが、それはたとえばこの白秋の「かたじけない」という心であるにちがいない。われわれが失ったのは白秋だ」

白秋がここでかたじけなく思ったのは、母親のような具体的な像でなく、宇宙という茫漠としたものである。言い方を変えれば、宇宙そのものというよりも、宇宙を在らしめている神秘の力に対して、かたじけないと感じたのかもしれない。

そして、雀も、その雀を観る我も、この宇宙のなかの一存在である。白秋自身、雀を眺めながら、同時に自分自身がいま、ここにあること、そのことが、かたじけないことであると考えたかもしれない。

「有難う」の最上級の表現として、この言葉を見つめなおすと、「かたじけない」が、アルことがとても難しいこと、いまここにそれが(ひいては自分自身が)あることへの驚き、あることへの感謝、とも読めてくる。そう思うとこの言葉は、ますますわたしたちから遠く離れて輝きだす。

『雀の生活』の初版は、大正九年。一方、「母子像」は、昭和二十九年、読売新聞に発表されたもの。敗戦後数年までは、こうして同時代の作品のなかに、この言葉がなにげなく使われていた。

詩の不可侵性

一冊の本やひとつの詩が、自分の身の近くにやって来るのには、出会ってからもなお、ずいぶんと時間がかかることがある。すぐに読めてすぐわかる、すごく面白い、チキンラーメンみたいな読み物だって必要だが、わたしはいつからか、読みにくさとか、読みがたさというものを大切に考えるようになった。

最初、どうもわからなくて、取り付きがたいと思われたものが、時間を経るうちに少しずつほころび始める。それは不思議にうれしいものである。ようやくその本を読み始めるときが来たという感じがする。本の中身が変わるはずもないのだから、そういうときは、自分自身が変わったということなのか。なにはともあれ、この自分の変化というものも、わたしには面白くうれしい現象だ。

数年前から、栩木伸明さんや大野光子さんらの翻訳によって、アイルランドの現代詩が数多く紹介されるようになってきた。評判高く、わたしもさっそくに、その詩のいくつかを読み始めたのであったが、これがどうにもぴんと来なかった。まさに「読みがたい」詩群である。キアラン・カーソンにしろ、ヌーラ・ニー・ゴーノルにしろ、いままで詩を読んできた数々の瞬間のようには、素早くわたしに到達するものがない。彼らのうち、詩はアイルランド語(ゲール語)でしか書かないというヌーラのようなひともいれば、キアラン・カーソンのように英語で書く詩人もいる。翻訳の際の困難さは、詩の場合、いずれの言語でもあると思うが、この場合、そもそものわかりにくさの源が原文のなかにあるような気がした。

本を読むとき、わたしたちはいっさいの動作を止め、身体を固定し、無活動状態になって本に没頭する。それは、言ってみれば、日常のなかに流れている時間をせきとめるような抵抗の行為である。そのとき、まわりには、いつもとかわらない日常世界があり、時計の針は規則的に動いているが、本のなかには言葉がつむぐ、言葉によってつくられた時間の世界がある。この二重世界を生きることが読書という行為だとするなら、ふたつの世界の時間の段差が大きければ大きいほど、それは最初、とっつきにくさや読みにくさとなって読者に現れてくるだろうとも思われるのである。

詩は、そもそも、ひとの生きる時間の肌あいを、瞬時にしてもっとも劇的に変えてしまう装置のはずだ。短いからたいへん素早く読めるのだが、同時に遅く読まれなければならないもの、ゆっくりとしか読めないはずのもの、それが「詩」なのではなかったか。

これは、詩集ではないが、キアラン・カーソンの『琥珀捕り』という一冊が、栩木さんの訳によって刊行された。大鍋で様々な物語を、長時間、煮詰めたような作品で、話は鷹揚にあっちへ飛びこっちへ飛ぶ。これもまたほんとうに読みにくい本である。

アイルランドの民話が語られたかと思うと、ギリシャ神話の世界が現れ、オウィディウスの変身物語を語り直したものへ、中世キリスト教の聖人たちの話へ、次々と飛火して展開する。

フェルメールの時代の画家たち、哲学者、顕微鏡研究家など、次々と不親切に現れる固有名詞やわたしにはなじみの薄い西洋の古典世界。それを追っていくだけでも大変だったが、戻ったり調べたりしながら読んでいくうち、困難さが次第に解けてきて、自然のうちに、本に運ばれていく自分がいた。

読みにくさは速く読めないということと同義である。ゆっくり読まなければ読めないという本はあり、古典の類がまさにそれだと思うが、『琥珀捕り』という本にも、そうした古典のテキストが様々にはめこまれ利用されている。本のなかの本、その本のなかの本。入れ子の宇宙になっているのである。十七世紀のオランダ絵画の話がたくさん出てくるが、ここでもまた、本のなかの絵、その絵のなかの絵というように、入れ子構造で語られる。

しかし絵を、言葉によって「観る」というのは、面白いものだ。絵を見ずに、語りを通して、一枚の絵を心象のうえに置く。言わば絵を、見るのではなくて聞くのである。それはわたしに、不思議な喜びをもたらした。あ、言葉って、顕微鏡だったのだと、わたしは思った。言葉のなかに、ものが見える。ものの構造、ものの骨組み、普通の視力では見えないものが、言葉という顕微鏡を通して見えてくるのだ。

さて、わたしがきょうもっとも紹介したかったのは、アイルランドの女性詩人、メーヴ・マガキアンのことである。かつてわたしは彼女の詩を読んだはずだが、よくわからないままに通り過ぎてしまった。それでは今、わかったのかと問われれば、依然としてわからないというほかはない。しかし、わからないということは、はっきりとわかった。

なあんだ、そんなことって言わないでほしい。現代詩はわからないものという簡単な言い方がある(わたしの詩はわかりやすいのでそれだけで驚かれることがいまだにある。わたしはわたしの詩のわかりやすさを欠点として感じることがあるが)。しかし詩において、わからないということを本当に深く納得させてくれる詩はあまりない。わからないことと曖昧であることが、多くの場合、結びついているからだ。厳密であってわからない、そういう神秘をわたしは求めたい。

メーヴ・マガキアンは詩を書き始めた動機を、ヌーラとの対話のなかで次のように言う。

他の人が読まないだろうから私は詩を書き始めました。誰も。読んだ人でさえ理解できないだろうと。そしてきっと他の詩人も理解できないだろうと。

同じ対話のなかで、彼女はこうも言う。

詩は内面を守るために私の周りにある渦巻きだと感じてますから、もし誰かが詩の中心を突き通せば、詩はその時……いえ貫けない部分が常に存在するに違いありません。常にこの内的な不可侵性があるに違いないのです。言語はいつも周りを回っています。

（『ユリイカ』二〇〇〇年二月号より）

ここで言う詩の中心を貫こうとするものとは、詩への（安易な）理解とか読解とか解釈などのことだろう。彼女は、「詩のことばはずうっとスピン（紡ぐ、話を長引かせる、回転する）しつづけている」もので、「想像力はとても攻撃を受けやすいものなので、もし誰かがひとつの詩全体をディコンストラクトしてしまったらその詩は死んでしまう」とも語っている（栩木伸明『アイルランド現代詩は語る』）。

共有感覚とか共通認識を、詩が拾うということがある。私的感情や認識、経験が、普遍性を勝ちえる瞬間である。そのとき、言葉はわたしを超越する。詩はそのように閉ざされた回路を開くものである。しかし一方で、メーヴ・マガキアンが言うように、回路を閉ざすものとして働くこともある。わたし自身、詩を書いてきて、いつのまにか回路を開き繋げる部分のほうにばかり気を奪われていたことに気づく。詩の不可侵性、それは詩の、もっとも無垢な、もっとも野性的な、もっとも生命的な部分ではなかったか。

こうした発言に導かれるようにして、わたしは改めて、彼女の詩を読んだ。わからなかった。しかし、ほかのどんなアイルランド詩人たちよりも、わたしはメーヴの詩に自分が近くあるような気がした。わからないように書くと明言する彼女の詩が、皮肉にも、わたしには、アイルランドの現代詩のなかで、もっともわかる、もっとも惹かれるものとなったのである。

「解説」のような言葉を連ね、そのまわりを幾度となくうろついてみたところで、鍵がしまったままの詩の言葉。それは、誰にも入り込めない書いた本人だけのものなのか。書いた本人のなかに、永遠に閉じ込められて出てこないものなのか。わたしはそうは思わない。詩の真の意味でのわからなさというものこそ、もしかしたらわたしたちが、唯一正しく共有できるものなのではないか。わかった、共有できたと思うことのほうにこそ、幻想や誤解があるのかもしれないのだ。

最後に、ほんの数行だけ、彼女の詩を引用しておこう。

いちばんの門外漢だけどいちばん大事な読み手のあなた、
わたしはあなたの、意味の向こうまでいってしまった言語、
あなたのかたることばが時間をたがやしてゆく
その生きた畝がなかったら、
生きていけません。

（前掲『アイルランド現代詩は語る』所収、栩木訳「あるアイルランド語話者のためのエレジー」より一部抜粋）

きみとしろみ

数年前、アイルランドの女性作家、クレア・キーガンの『青い野を歩く』(白水社)という本に出会った。八つの短編が収められているが、なかでも冒頭の「別れの贈りもの」には、忘れがたい描写が数々あった。それは黙って読み終えた後、誰かに話してみたいような類のものだった。岩本正恵さんの訳は、透明な悲哀を日本語に溶かし込んだ、達意の職人芸を思わせるもので、この邦訳を読むだけでも十分なのだったが、あまりに惹かれたので原書を買い、ずっとそのままになっていた。年末年始、ふいにぽっかりと時間があいた。この際だから、英語と日本語とを行き来しながら、再読してみようとわたしは思った。

「別れの贈りもの」(*The Parting Gift*)は、省略が効いていて散文詩のような作品である。文章構造も極めて簡素。見えていることを必要最小限の言葉で示し、見えないものを暗示する。何を書くか、何を書かないでおくかということを、この作家は天性の勘で適切に選びとっているようだ。

特徴の一つは、二人称が使われていること。「……きみはベッドから起きてもう一度スーツケースの中身を確かめる」という具合に、「きみ」を主語として進んでいく。そもそもここで、「きみ」を「きみ」と呼んでいる人は誰なのか。読み始めには「作者」のような感触もあるが、わたしはごく自然に、「きみ」が自分自身に語りかけているのだと理解して読んだ。つまりこの「きみ」とは、二人称の形を取った「わたし」ということになる。

けれどYouと呼びかけられている以上、言葉は正面からやってきて、読者につきささる。「きみ」にはおそらく「読者自身」に対する呼びかけのニュアンスも響いているだろう。二人称は感情移入を容易にするばかりか催眠効果もあるようだ。読み進めるうちには、わたしのなかに、一人の女が生々しく形作られていった。

「きみ」は、これからニューヨークへ旅立とうとしている。家は農場。子沢山。末っ子の「きみ」は今、農場を手伝う兄と両親と暮らしている。別れの朝、母親と交わす会話は次のように始まる(カッコ内は岩本訳)。

You'll have a boiled egg?

（ゆで卵、食べる？）
No thanks, Ma.
（ううん、いらない）
You'll have something?
（なにか食べるでしょう？）
Later on, maybe.
（たぶん、あとで）
I'll put one on for you.
（ひとつゆでておくわ）

明日もまた繰り返されて不思議はない会話だが、その後ろでは、同じ歩調で淡々と、別れに向かう悲哀に満ちた時間が進行している。何も書かれていないが、娘は単に、旅に出るわけではないらしい。おそらく彼女は、もう二度と戻るつもりがない。登場人物たちは、それぞれの思いを胸のなかに沈めたまま、何一つ具体的な言葉をかわさない。こうした人間たちとまったく同じ重みで、まわりにある事物が大切に描写されていく。

Downstairs, water runs into the kettle,
（階下で、やかんに水が注がれ、）

ありふれた光景の、どこにでもある描写だが、これもよく見ると面白い。注いでいる人はおそらく母だが、日英いずれの文にも登場しない。ここではあたかも、水とやかんだけが「仕事」をしているかのように見えている。実際、階下の出来事なので、「きみ」には水音が聴こえるだけだ。母と「きみ」は同じ水音を聴きながら、精神的にも物理的にも、分厚い壁に隔てられている。それが一気に理解できる表現になっている。

日本語では水が（見えていない母親によって）注がれるが、英語というのはもっと過激で、水が（自ら）やかんのなかへ、ほとばしり流れる（というふうに書いてある）。普段、生活に埋没している現象が、こうしてにわかに表現の前面に引っ張りだされている。人間は物の背後にいる。そして水音を聴いている。誰にも訪れる放心の隙間。からっぽな人間たちに比べ、物たちの存在は、なんと確かか。

前述したように、母と「きみ」は、ゆで卵をめぐって会話を交わしていた。この話題はやがて、次の場面に手渡される。

「もうすぐ六時だ。出発までまだ一時間ある。鍋が沸騰し、きみはそばに行って火を弱める。鍋のなかで三個の卵がぶつかりあっている。ひとつはひび割れて、ひと筋のリボンが白く流れだしている。きみはガスを細くする。やわらかいのは好きではない。」

母は三個の卵を茹でた。家族は今、四人。一個はもちろん「きみ」の分。兄のユージーンはこの後に起きてきて卵を食べた。残り一個は誰が食べるのか。問題の父はまだ寝室だが、多分彼は、食べるだろう。あの人はなんでも食べてしまうから。欲望の塊のような人なのだから。だから卵を食べないのは母かもしれない。自分は食べなくとも家族のために卵を茹でる。しかしこの母は、家族の犠牲になるというばかりの人でもない。ただ、四個の卵は、このどこか不安定な物語に相応しくないということはわかる。ここでは誰が食べないかを議論するより、「一個の欠損」を抱きしめよう。

ぶつかりあった三個の卵の、一つがひび割れて、中からしろみが出てくるところは、何度読んでもあきない。心に不思議な染み跡を広げる。

Inside, three eggs knock against each other. One is cracked, a ribbon streaming white.

わたしなどは、人生のなかでいくどもこのような卵に遭遇した。著者が清らかに「リボン」と表現したそれを「脱腸」のようだと思いながら、いつだってその様子をじっと見ていた。その無為の時間の肌触りが、こんな箇所を読むと、蘇る。そうして読む時間をふくらませる。お酢を入れるといいとか、水から茹でると割れないとか、卵の茹で方については、わたしも今まで様々な薀蓄を聞いたが、結局、何をしても割れるものは割れる。しろみの白いリボンは、この後もひらひらと、頼りなくはかなく、小説の湯のなかを泳ぎ続ける。まるで「きみ」自身のように。

空港へは兄が車で送ってくれる。だがまだ出発には時間がある。「ちょっと中庭で仕事をすませてくる」と兄が言う。そのあいだ、二階へあがった「きみ」は、階段の上で、窓に映る自分の姿をくちばしでつつく、一羽のスズメを見る。ここでの描写もまた、心の深みに触れてくるものだ。

You watch him until you can't watch him any longer and he flies away.
(きみはスズメを見つめ、それ以上見ていられなくなったとき、スズメは飛び立つ。）

原文のheは、スズメのこと。それ以上見ていられなくなるまで見るという「ものの見方」に、なぜか心がひりひりする。人間がそれまで見ていた何かから目をそらすときの、絶望と解放とあきらめとが、一点に押し寄せたような表現だ。until以下の状態になるまで、きみは見ていたというわけだから、後ろから遡って訳してもよいだろうが、①見た、②見ていられなくなるまで、③そのときスズメが飛び立つ、というように、原文の順番どおりに訳されている。この順番は、行為の順番であり、すなわち心が動く順番である。

実は「きみ」と家族には、もうこれ以上見ていられないという酷い出来事が過去にあった。誰も口にしないが、それは今でも尾を引いている。ここまで書いてきて、飛び立ったスズメとは「きみ」自身に他ならない、と思えてきた。

until(……になるまでずっと)という前置詞は、ある意味でこの小説全体を濃縮したエッセンスのような言葉である。untilのさざなみは小説のラストにも及ぶ。空港で、送ってくれた兄とも別れ、ついに独りになった「きみ」は、手荷物検査を通過し、免税コーナーを通り過ぎ、ゲートへ向かう。たくさんのドアがあって、女性の体の一部が見えるとあるので、トイレと思われるが、そうは書かれていない。

だれかがきみに大丈夫かと声をかける——なんてばかな質問だろう——だが、きみは泣かない。また別のドアを開けて閉め、鍵をかけて個室に安全に閉じこもるまで、きみは泣かない。

Someone asks are you all right - *such a stupid question* - but you do not cry until you have opened and closed another door, until you have safely locked yourself inside your stall.

泣いたとは、ついに書かれない。最後の最後、突き当りに行き着くまで(until)、「きみ」は泣かない。この表現が泣かせる。彼女がここまでして決別しなければならなかった家族。父は彼女に何をしたか。母はそれをなぜ促したか。知っていながら何もできなかった兄。ここに詳細を書くスペースは残っていないし、わたしも詳細を記す気持ちにはなれない。

彼女は父と自分との間におきた出来事を、あたかも自分とは別の人間に起こったことであるかのように距離を置いて見つめるしかなかった。そのまなざしは、この小説で「きみ」があらゆる事物を見つめるそれと同じ感触のものだ。自分自身すら、遠くの「物」のように冷ややかに見つめた「きみ」。二人称は、この小説においてやはり必然のものだった、ということが納得させられる。

最後、トイレで「きみ」が泣くのは、「きみ」が「きみ」自身に追いついた、象徴的で気高い場面である。「きみ」が「きみは……」と常に外側から描写され続けた「きみ」は、内側から「きみ」という呼びかけを抱きしめる。「きみ」はようやく「一人」になった。

だが、「別れの贈りもの」とはなんだろう。「きみ」は家族の誰一人からも、餞別の類をもらっていない。「きみ」は自分で自分をもぎとるように、あの「家」から別れてきた。贈りものとは、自分が自分に与えた、この「別れ」そのもののことだったか。それに気づいて、わたしも泣いた。


〈追記〉

本書を手がけた翻訳家・岩本正恵さんには二度、お目にかかった。二度目はわたしが彼女を誘い、知り合いのアイルランド人のお宅に遊びに行った。岩本さんは、優れた翻訳家であり日本語の達人で、しかも心の優しい人だった。二〇一四年の大晦日に、五十歳の若さで亡くなられた。哀しみは今も減らない。本書を読みかえすたび、その日本語に、彼女の存在の影がうっすらと映りこんでいるような気がする。

ちーくーみーまー

あと少しで三歳になろうという子供は、言葉が急激に増えていく時期のようだ。日々、動物実験に立ち会っている面白さがある。大人になると、支離滅裂な言葉というのをなかなか話せないが、彼らはただ、口唇の快感のみにまかせて言葉をころがす。腰をこごめてその世界に入ると、めまいをおこすようなできごとにぶつかる。

お店屋さんごっこを盛んにやりだすが、店員になったりお客さんになったり。演じるということが自然に始まるので、そのことにもびっくりしてしまう。役の自分とそれとは別の自分を、認識しているってことでしょうかね。考え始めるとくらくらする。

佐野洋子さんのエッセイ集『神も仏もありませぬ』を読んでいたら、息子さんが三歳のとき、「ねえ、僕が初めて僕に会ったのはいつ？」と聞いたそうだ。こういうのを読むと驚愕する。

お店屋さんごっこといえば、子供があるとき突然に、「ちーくーみーまー、ください」と言ったことがあった。「ちーくーみーまー」とは、いったい何なのか。泥のなかから、ひとかたまりの混沌を、素手でつかみとってきたような感触があった。音引きの面白さを発見したのか。

ちーくーみーまー、その、おそろしいような響きにつられて、「それはありません。えーめーてーみーならあります」と答えてみた。すると子供は「じゃあ、くーみーてーもー、ください」と言う。「ふーみーちーもーではいかがですか」と返す。子供は乗ってきて、こんなことがしばらく、わたしにしてみれば、永遠に等しいような長いあいだ交わされた。そして彼らは不意に飽きる。取り残されるのはわたしのほうだ。

子供の世界にはいったい、どんな時間が流れているのかと思う。彼らはたいへんに繰り返しが好きだが、あの、終わりのない循環する時間感覚から、わたしたちはいつ、どのようにして、はじきだされてしまったのだろう。気が付けば、きのう、きょう、あす、が連続していく、レールのような味気ない時間の線上に投げ出されている。

「いま」が絶えず、噴水のように吹き上がる子供世界は、日常にあって魔界である。そこに触れるとき、わたしたちも、時間からつかの間、解放され、自由な無時間空間に遊ぶ。

彼らはまた、「きのう」という言葉を、とても大きな範囲で使う。「きのう、公園に行ったの」と言っても、正確には、かなり前であったり、あるいは未来への願望を含んだ予知であったりする。

過去、現在、未来は、まざりあっているし、現実と虚構の区別も曖昧だ。「えっ、ほんとに行ったの？」そうたずねると、変な顔をして宙を見ている。自分の出した言葉の行方を自分で追いかけているような表情である。自分が言ったのに、その言葉はどこか自分のものではないというように。

その発言を嘘といってもいいが、彼らは嘘をつくことによって、仕事をしているように見える。何かをつくっているように見える。泥の粘土のような素材で素手を汚しながら、自分自身をつくっているのかもしれない。

まだ、何もモノが分からない、と形容される彼らの内面では、確かにものごとが分かれていない。子供たちは泥の混沌を生きているのだ。

しかしその泥のなかから、時折、光のような直感で、わたしたちを射るようなことを言うこともある。今まで回路が閉ざされていた異質のものどうしがつながり、そこに知性の流れる道が、まさに開通したという感じである。分かっていないという前提でつきあうと、覆される瞬間がくる。

際立った童謡や詩をいくつも書いた、まど・みちおという詩人がいる。たいていの大人が持つ、子供ってこういうもんでしょう、という認識をくぐらず、言葉が子供の世界に直結しているところが面白い。

世の中で作られている子供のための作品は、子供のために、わざわざ接ぎ木されたり移植されたりしたものが多く、子供の土壌に直接、根を下ろしたものが案外少ない。あの繰り返す時間、循環する野蛮な混沌のなかに、手足を浸しているものは稀なのではないだろうか。

宮崎駿のアニメーションに出てくる子供に、わたしはあまり魅力を感じないのだが(そして姪に、わかってなーいと一蹴されている)、ひとつには、彼らの表情や挙動が、大人用にきれいに交通整理されているから。画像に表れる小さいひとたち、あれはちょっと、子供というものとは、違うのではないか、とわたしは感じる。

まど・みちおの作品に、「やぎさん　ゆうびん」という有名な童謡がある。シロヤギとクロヤギが交互に手紙を出すのに、それぞれ読まずに食べちゃって、「さっきのおてがみ／ごようじ　なあに」と再び手紙でたずねるという歌。クロヤギさんとシロヤギさんのあいだで、これが交互に無限に続く。

文字を食ってしまうことが、まず、おそろしい。しかし妙な解放感もそこにある。

わたしたちにとって、唯一の自分に差し出された、意味を持つ言語の連なりである手紙は、もはや紙でなく特別の価値を持ったものだ。しかしクロヤギさんとシロヤギさんにとってはあくまで物質であり、えさでしかない。彼らは永遠に「無」をやりとりするのか。

何の用事だったの、とたずねているけれど、それは一応、聞いているだけで、答えを待っているわけでもなさそうだ。その質問だって食われてしまうのだ。かくして二匹の応酬は、永遠の時間のなかへ流れこんでいく。

「ふしぎな　ポケット」という歌もある。

ポケットを　たたくと
ビスケットは　ふたつ

もひとつ　たたくと
ビスケットは　みっつ
たたいて　みるたび
ビスケットは　ふえる

そんな　ふしぎな
ポケットが　ほしい
そんな　ふしぎな
ポケットが　ほしい

これを耳にした子供のころ、そんなポケットが猛烈に欲しかったし、ほんとうにポケットにはそんな魔力があるような気がした。それはいまでも少し信じている。大昔の切符がひょこっと出てきたり、忘れていた千円札が折りたたまれて入っていたり。ポケットに入れると、入れたことを忘れてしまうので、あとから思わぬものがどんどん出てくる。やっぱりポケットは魔界なのだ。

袋ものは内部に宇宙を広げている。外からは内側が見えないので、想像力が刺激される。ふくらんでいく人間の想像力が、あのビスケットを、二倍、三倍と増やしたに違いない。

ともかくわたしはあの歌詞に、親戚のおばさんのような愛情を持っている。ああいう銀行通帳がどこかにないだろうか。あったら、年に一度くらいは叩いてみたいものだ。表層の意味を超えて、深い欲望に触られた感じが残る歌である。

これはわたしが女であり、産む性であることとも関係があるのか。あとは野となれ、山となれ。ものが増殖し、世界が充満していく感触が、おそろしいのに快感なのである。

わたしは水玉模様がなぜかとても好きなのだが、これもまた、増殖がデザインに置き換えられたものだ。増えるビスケットと水玉模様、そこには強迫観念のようなものが働いているようにも感じる。

「ふしぎな ポケット」という歌は、子供も好きで時々歌っていた。あるとき、どうしたわけか、ビスケットとポケットが逆転して、「ビスケットをたたくと、ポケットがたくさんだよ」と言う。子供の世界では、こうした入れ替えや逆転もよく起こる。

わたしはたわし、おくすりはおすくり、おくむらさんは、おくるまさんというように、単語内での反転もしばしばだ。なぜに律儀にひっくりかえすのか、入れ替えが起こるのか、わたしにはまったく謎である。

ところで、そのとき、あら、と思った。わたしはこの童謡をもとに、ビスケットでなく、まさにポケットが増える詩を書いたばかりだったから。子供の言葉がそのまま詩になるわけではない。しかし結果として同じように言葉が並ぶことがある。しかも言い間違いや入れ替えのなかに面白いイメージが出現する。こういうことが炸裂する時期は、年齢が限定されるようだが、混沌のなかから幼児たちはひょこっと、簡単に偶然に詩的言語をつかみだす。

詩の言葉が無意識の領域からくみ出されてくることは、多くの人が指摘することだ。わたしは三歳以前の記憶をほとんど持っていない。同じように、いま経験していることのすべてが輪郭を失い、やがて深くしずみこむ、心の生成期の人間に自分が立ち会っていることを思うと、一瞬、おののくような気持ちになる。

でもそれは本当に一瞬だけで、敬虔な気持ちはすぐに消え去る。せいぜいが面白がって、げらげら笑っているうちに、一日は早々と暮れてしまうのだ。

蝿がうなるとき、そのときわたしは

天気のいい日、うとうと昼寝していると、冬だというのに、いったいどこからやってきたのか、蝿が一匹、ブンとはげしい羽音をたてて、閉じたマナコ上空を通り過ぎていった。厳しい寒さでも越冬するゴキブリや蝿がいる。おそろしいことである。わたしの家は、冬は寒さと物資の少なさで、皆から「北」と呼ばれている。うちへ来て、一晩泊まり、明け方の台所に寝巻きで立ってみるといい。あなたはそのまま凍るはずである。昭和三十年代に建てられた安普請だが、当時の主婦が、手をすり合わせて食事の支度をした様子が、涙ながらにしのばれる。

話が脱線したが、今回の主役は寒さでなくて「蝿」である。

ともかくこうして一匹の蝿に、甘美な眠りをぶち壊されたわたし。はっと目覚め、あっと思った。あっ、ここに、「私」がいる。坐禅を組んでいて、うとうとしかけたひとの肩などを、棒でたたいて起こすことがある。「警策」というらしい。蝿の羽音は、あの「警策」みたいな役目があったのかもしれない。「おまえはここにいる」——羽音はむしろ、蝿の存在を気づかせるものなのに、それが同時に、わたし自身を気づかせるものとなった。蝿だ、というのと、わたしだ、というのが、ほとんど同時に、わたしに来た。蝿はわたしだ、というほどに、同時に。

ヤツはやけに元気だった。冬の蝿ならば、季節にふさわしく、生命力薄く、もっとどんよりとしていてほしいのに、太陽の光あふれるところ、烈しくうごけば身体もあたたまるといわんばかりに、いきりたって、ぶんぶん、うなっている。小さいのにひどく狂暴である。狂っているものに対したときは、それを逃がすか、そこから逃げるかに限るのである。殺してしまうことは、なぜか、はばかられた。「蝿はわたしだ」、そんな意識が、まだどこかに働いていたせいだろうか。一気に窓をあけると、ヤツはすーっと、空のかなたへ消えてしまった。部屋にはきゅうに静寂が戻った。

いまから百五十年くらい前、エミリー・ディキンソンというアメリカの詩人が、一匹の蝿のことを詩に書いた。「蝿がうなるのが聞こえた——わたしが死ぬ時——」というのが、そのタイトルだ。このひとは、そもそも味わえるはずもない、自分の死の瞬間と、その後に広がる死後の世界を、何編もの詩に書いている。ほとんどホラー詩と呼びたいほどのグロテスクさがあるが、読み返すたびにしびれてしまう。

蠅がうなるのが聞こえた——わたしが死ぬ時——
部屋の中の静けさは
空の静けさのようだった——
烈しい嵐と嵐の間の——

まわりの目は——涙も乾きはてていた——
息はじっとつまっていた
あの最後の攻撃を待ちうけて——王なる方が
部屋の中に——目撃される時の——

わたしは形見の遺言をした——
わたしの譲れる部分は何もかも
署名して譲り渡した——その時だった
蠅が割り込んで来たのは——

憂鬱な――あやふやでにぶい羽音とともに――
光と――わたしとの間へ――入って来た
それから窓がぼやけた――それから
見ようとしても何も見えなくなった――

(亀井俊介編『対訳 ディキンソン詩集』より)

この蝿は、何かの啓示をするための使者のような表情を持っている。鈍い羽音をたてて、それが光とわたしのあいだに、ジャマだてするように入り込んでくるというのである。

蝿の前に、この「光」について、少し考えてみたい。光は、「わたし」の領域の闇を照らすものとして、常に外から入ってくる。窓というのは、自分の領域と外側(異界)の中間に位置するもので、その窓を通して光は差し込む。「知」というものが、まさにそうではないか。ほんとうの「知」は、わたしのなかにない。常にわたしの外部からもたらされる。だからそれにつきあたったとき、わたしはそれに対し「無知」だと思う。いや、その無知こそを知らせてくれるもの、それが「知」である。光が差し込んだとき、それによってようやく、自分の闇に気づくもの、自分のなかの闇を切り開いてくれるもの、それにつきあたったとき痛く傷つくもの、自分でない異物、いわゆる「他者」。それがわたしにとっての「知」の感触だ。

ディキンソンの詩のなかの「光」を「知」として読んでみるなら、光の遮断はそのまま、知るということをやめるとき、それこそが「死」の瞬間ということになる。

ここまで考えてわたしは思う。ああ、死ぬことって、自分という個体が死ぬということよりも、「他者が消える」といったほうが正確なのではないのかと。自分だけがこの世にいて、自分が消えるのなら、それは闇のなかで闇がひとつ消えるようなもの。自分ひとりの問題として考えるのなら、死なんて別にすこしもこわくない。しかし死を「他者が消えること」と言い換えてみたらどうだろう。自分のまわりから自分以外のものが消える。他者がいなくなる。わたしとわたし以外のもの、内と外の、そのぶつかりあいが消滅する。すべてが均されて同じ空間になってしまう。それを考えると、ひどくおそろしい。

死ぬことは窓が閉じること、知という外界からの光が、もはや届かぬ状態なのだ。そしてその最後の瞬間を目撃する証人としてつかわされたのが、蠅であった。

「おまえはここにいる」——それはある冬の一日、蠅から受け取った、わたしの小さな啓示だったが、この詩の羽音にも、同じ言葉を重ねてみるのなら、詩のほうの蠅は、「おまえはここにいる」からさらに深く、「おまえしか、ここにいない」「おまえのほかにには、もう誰もいない」そういうふうにも響いてくる。「おまえがここにいる」ということが、生の一瞬の状態であり、「おまえしか、ここにいない」ということが、死の瞬間の状態だというのなら、生の一瞬も、死の一瞬も、「わたし」というもののあり方においては、同じかたちであるということ？　そう考えながら、わたしのぼんやりした頭のなかで、生と死という大問題がぐるぐるまざりあって、区別がつかなくなってくる。

ところで、蠅はトンボやチョウなど多くの昆虫と同様、「複眼」である。複眼は個眼が何万個とあつまったものだ。その目で見るとき、世界はいったい、どのように立ち上がって見えるのだろうか。世界がひとつである人間の見え方と違って、世界が同時に、たくさんあるような見え方であるのだろうか。子供のころは、虫は視野が三百六十度だから、なんでも見えてしまうのだと習ったが、それはほんとうのことなのだろうか。図鑑などをめくると、蠅の視力は動体視力が異常に発達していて、ピストルの弾など、普通、人間の視力では見えないようなすばやいものが、はっきりくっきり見えるらしい。

ともかく、蝿の目は小さいけれど、質・量ともに、人間世界を包含し俯瞰する「巨視」であるという感じがする。蝿が見ているものは、わたしをその一部として含む、大きな計り知れない世界全体であるという気がしてくる。神の目と通じるところがないか。

横光利一は、「蝿」という短編で、馬車に同乗した人々の運命すべてを目撃した一匹の蝿のことを書いている。馬車は転落し乗客はみな死ぬのだが、羽を持つ蝿だけが、その危機をのがれて転落する馬車から身をはがす。事故のすべてと乗客の生涯が、一匹の蝿のなかに縮小される。わたしたちはその蝿の目が見た物語を、蝿のなかからつむぐように読んだことを知るのである。

以前、わたしはイスタンブールから成田まで、二匹の蝿と同じ飛行機に乗って帰ってきたことがある。彼らは、最初、百合の花のまわりをぶんぶん飛んでいたが、そのうち食事時になると、デザートの果物やケーキなどに、そっと足跡をつけて乗客たちを困惑させた。トルコ人のスチュワーデスはうるさそうに払うだけで、蝿を処分するという考えはまったく持たないようだった。いつのまにかわたしもどうでもよくなって、最後まで蝿と付き合おうという気になった。成田が近くなるころ、二匹はついに交尾まで始めて、一匹が一匹のうえにのしかかり、二匹はほとんど団子状になって、ぶんぶんうなりながら飛び回り始めた。

あのときわたしは、いま飛行機が落ちたら、助かるのはあの蝿だけだろうと思い、蝿の神的存在感を確認したが、もし、飛行機が落ちなかったとしても、いまいる乗客は百年後には全員が死者になっているとも思った。そのときはあの二匹も、もちろんいないだろうが、ぶんぶんうなる羽音を聞いていると、いま、実在が確実に信じられるのは、あのしぶとい二匹の蝿たちだけで、残りの生者たちが居並ぶ席が不意に骸骨の陳列棚に見えてきたのは面白かった。そして二匹の蝿は、そうした生の果てまでも見通して、人間をその複眼の奥から、突き放して笑っているように思えたのである。

縫い目と銀髪

　このあいだ、久しぶりに洋服を買いに行った。この冬のあいだじゅう、わたしのパターンは三つくらいしかなくて、黒いセーターにジーパン、茶色のフリースにジーパン、赤いセーターにジーパン。いや気がつけば、この冬だけのことではなくて、わたしはここ数年、自分のために買い物らしい買い物をしていない。洋服に関していえば、そもそも自分に似合うものがわからなくなっている。わからないというよりも、そんなものがこの世にあるのか、という感じだ。

　わたしのこういう何かを放棄した姿に、家族から一斉に非難の声があがった。ちょっとそれ、どうにかしたら？　もうちょっとかまったらどうなの？　母親が汚いと子供がいじめられるのよ。こういう暴力の声に押し出されるように、わたしは意志に反して、しかし自分を押し通すだけの力も持たず、騒がしい街中へ押し出されたわけだった。

洋服を買うという行為は、わたしにとって、とても分裂した、とても奇妙なものだ。よし、服を買うぞ、と思って買いに行くとき、決まってほしいような服には出会えない。わたしは自分が好きな服をよく知っているような気がする。そして絶対似合わない服、嫌いな服も、充分知っているつもりだ。しかしわたしは、自分にぴったりな服、似合う服を、いつも見つけることができない。街には服を売る店がたくさんあって、モノがあふれるように売られている。どんなものも、ないものはない、どんなひとの需要にも、こたえられないものはないように見える。こんなにすべてのものがぎっしり過不足なくそろっているのに、しかし、自分に似合うものがなにひとつ見つからない。

こういう過剰のなかの飢餓感のようなものを、わたしは時々、ほかの場面でも感じることがある。たくさんあるのに、わたしのためのひとつが欠けている。いや、そんなものは最初からないのかもしれない。

そもそも売られている商品は、どれも街中で、すでに誰かが着ているようなものであった。それらしき服を、わたしは何度も見たことがあった。服を買うとは、誰かになる、誰かの真似をするということなのだろうか。流行とは、誰かに似たひとになりたいという、欲望がつくるうねりのことなのだろうか。

わたしのためのひとつを探しながら、わたしは、同時にとても矛盾すること――わたしであってわたしでない、誰かに似たひとに限りなく近づこうとする。そうして自分がその誰かになったとき、うまく誰かになりおおせたとき、わたしは自分がうまくモードに乗ったように思い、その服を買い、その服を着て町を歩く。そのときわたしもまた他者にとっては、誰かに似た誰かのひとりとなる。

服を買うとき、わたしは見えない誰かに脅されているように感じてしまう。誰かになれ、と命令されているように感じる。

そして同時に、わたしはもう一つの疑念につきあたる。わたしは、服を着て歩いているわたし自身を、一度も外側から見ることができないために、自分について限りなく思い違いをしているのではないか。わたしは常にずれた皮膜を、わたし自身に被せているのではないか。わたしは自分を、実は少しも知らないのではないか……。

時々、着る服を、ひとに選んでもらう。

そのなかに、どうしても違和感が残り続ける服がある。しかし他人がわたしに持つイメージを眺めるのは面白い。自己イメージとのかすかな落差が、着るたびに、身体にきしみのようなものを入れる。おしゃれは単に皮膜の問題のはずだったのに、服から微妙に「漏れる」ものがあって、それが身体や心のほうに浸透していく場合がある。

その日、わたしは通りすがりの一軒に入った。なんとしても今日はここで、何かを買うのだ。モノはたくさんあったし、バーゲンで何もかもが半額になっている。さあ、買え、さあ、買え。どこからか、声がした。

わたしは買った。一枚のキュロットスカートとジャケットを。しかしそれらは、どうしてもわたしがほしいものではなかった。それでなければならないようなものではなかった。しかしそれなりに見えるものであった。

それほど高価なものではないにもかかわらず、それを買ったとき、わたしはふわっと自分を見失ったような気がした。あの、自分を見失う感じは、ほとんど快感に近いものがある。ああいうとき、わたしは本当に自分をなくしているのかもしれない。

なぜ、ものを買うことに罪悪感があるのだろう。そういう育ちかたをしたのだろうか。日本の高度成長期に育ったわたしだが、一方で家のなかはいつも質素な生活だった。わたしは自分のものを、いかに高価なものであるかを競うように見せびらかす心理がよくわからない。なぜならわたしは、いつも自分の持ち物を、できる限り安く言うくせがあるから。謙遜ではなく、そうしなければ罪が消えないとでもいうような脅迫めいたものだ。

このところ、わたしの定番のかっこうは、黒いセーターと黒いズボンだ。本当はこれだけで充分という気がしてくる。でも、この姿はまるで犯罪者だ。見られることを拒否していて、こちらが見るだけのスパイ的装い。一方的に世界をのぞきみしている。どこか、ずるいぞって感じがする。

「お洒落をしないのは、泥棒よりひどい」

そのようなことを言ったのは、宇野千代である。

自分で放棄はしているものの、男でも女でも、おしゃれをしているひとを見るのがわたしは好きだ。おしゃれはひとの生命を活性化させる「酸素」のようなものである。春が来た。さあ、あたらしい服を着て、街へ行こう。

さて、こうして首から下を取り繕ってみたところで、わたしという人間の殺伐とした感じは、どうにもぬぐいきれずに残っていた。中身はこの際、諦めるとして、あとは髪の毛をどうにかしなくてはならなかった。

髪といえば、わたしは若いときから「白髪」が好きで、白髪というものが髪に与える、野趣の力のようなものにとても心ひかれている。本来ならば老いや荒廃の象徴であるところの白髪だが、特に若白髪などには独特のエロティシズムが感じられる。

わたし自身、年老いるにしたがって、目立つほどに白髪が増えていったが、こうした嗜好のせいで白髪に対するアレルギーはなかった。白髪などまったく増えるがままにまかせ、壮絶な老婆になってやろうとさえ思ったものだ。しかし白髪をふりみだして狂うには、わたしはまだどこか中途半端なのだった。

そしてここでも、自分自身と自己のイメージの分裂が起こった。朝起きがけの鏡のなかに、白髪にまみれた自分を発見すると、それはもはや官能とか、壮絶とかの表現がばかばかしいほどの、ただの貧乏たらしい老いでしかなかった。それでも、これが現実よ、こんなものだわ、これでいいじゃないのと、気持ちが開き直りかけたその寸前、ちょっと、その髪の毛のほうも、いい加減にどうにかしたら？　例によってもうたる非難の声があがった。

わたしという人間が、わたしだけの持ち物でなく、家族という他者の持ち物としてもあること。わたしは初めて、ほとんどひとのために初めて白髪を黒く染めてみることにした。内的にはこのことによって、自分が少しも変わったという感触はないのに、外側の空気の質感が違っている。これは実に不思議な自己改造だった。家族ばかりでなく、わたし自身にとっても、この「私」というものは他者なのであった。

このあいだ電車のなかで西脇順三郎みたいなおじいさんを見た。現代では稀な、りっぱな岩のような容貌だった。頰には、老人性のしみやいぼが浮きでているが、その肉の垂れ具合がブルドッグのように重厚である。口元はぎゅっと固く閉じられており、金縁の眼鏡の奥の細い目は、重い瞼に覆われて茫洋と遠くを見つめている。

何を考えているのか、本を読むのでもなく新聞を広げるのでもなく、視線をまっすぐ前へのばし、ただじっと座ったまま姿勢をくずさない。量は豊かとは言えないが、髪は艶のある銀髪で、真っ白というよりもやや象牙色。窓から差し込む陽の光に、時折きらきらときらめいている。わたしの日常の語彙にはないが、「うつくしいおぐしで、いらっしゃる」と思った。

老人は、キャラメル色のあたたかそうなコートを着ていた。襟から、隠しボタンのある前身ごろにかけて、ひと針、ひと針、手縫いの縫い目がまっすぐに続いている。わたしの目はその縫い目にすいっと引き寄せられた。

老人は自分の着ているものなどに頓着もなく、憮然として椅子に腰をかけていたが、わたしは、久しぶりに人間を見たと思った。そして、その人間に実にふさわしい、美しい「縫い目」を見たと思った。

家について

「家」というのはひとの「心」に似ていて、その外側から内側のことを、あれこれ想像していてもよくわからないところがある。それで他人の家に行くと、まず、玄関でちょっと驚き、部屋へあがって、また、ちょっと驚く。驚くというのは、はっきりと違和感を覚えるということだが、それでもたいてい、すぐに慣れてしまう。「散らかっててごめんね」と言われるところほど、自分の家みたいで、すぐになじんでしまう。

子供のころは、ひんぱんに、友達の家を行き来したものだ。わたしは昭和四十年代から五十年代にかけて、東京の下町で子供時代をすごしたのだが、そのころ、まわりに、マンションなどはなく、日本家屋の一軒家ばかりだった。わたしの家にも、そういうところはあったが、遊びに行った友達の家もみな、それぞれに不思議なところがあった。不思議というのは、変な無駄というか、合理的でないところがあるのである。

ある家は、階段がふたつもあり(それはいまから考えると、あとから建て増しをしたからにすぎないのだが)、そのひとつの階段は、絶壁に近く、たいへん急だった。

また、ある家は、変なところに、隠れたような秘密の廊下があった。その家は、お風呂だけが妙に広く、しかも、ひびわれた不思議なタイルが敷き詰められていた。

また、ある家は、たいへんお金持ちの家だったが、じゅうたんを敷き詰めた階段をのぼるごとに、各階、ホテルのような部屋がいくつもあり、そのどの部屋にもひとがおらず、薄暗くて、家具はほこりっぽかった。

なぜ人の家の内部の、それも、不思議なところばかり、こんなにくっきりと覚えているのか。それはまるで、友達に裏切られたことやよくしてもらったことを、忘れないでいるのと同じように、しっかりと覚えているのである。風景や光景を思い出すというのとも、また違う。家というのは、はっきりと内部なのだ。なんでもいい、なにかの「内側」が持つ印象には、いつも、精神のはだざわりがある。

あるとき、人を部屋に招くことになって、いろいろ、考えているうちに疲れてしまったことがある。ここにこの壺を置いて、花をいけて……。次第に、自分の家であって、自分の家ではないような気がしてきた。

「素敵なインテリアの家」というのを考えていると、わたしはいつも不安になるのだが、それはいったい、その家が、誰によって見られているのか、と思うからである。

インテリアを考えるときひとは、外部の視線で、家のなかを眺め回す。誰かが見た、あるいはこれから見る、その視線を借りて家を作り直す。それは本当に、自分がのぞんでいるものなのかどうなのか。自分以外の誰かが、こんなふうに作りたかった、その欲望を映した部屋なのかもしれない。そう、インテリアを通して見えてくる力、欲望のかたちが、わたしにはいつも、「家の外から来るもの」に思えてならないのだ。

もっともわたしはインテリアというものを、今まで、一度もまじめに考えたことがないばかりか、考えても決してその形態を持続できなかった。家のなかは、気がつけばいつもなし崩し的に、わさわさと余計な異物でふくれあがる。しかしそれこそが、わたし自身で、わたしはその混沌を、あるいは、そっけなさを、皮膚のように感じて受け入れている。つまり、くつろいでいる。

外出していて、気分が悪くなることがある。そういうとき、わたしはとにかく家に帰りたくなる。家に帰ってもよくはならないかもしれないのに、動物の本性で、ひとりになりたくなる。そしてその場所は家でなければならない。そこに帰りつけば、何とかなるような気がする。死ぬときもきっと、そう思うのだろう。

しかし家から微妙に拒まれている感じ、そのよそよそしさが好きだというひともいる。ホテル住まいをする場合など、その無機的な感じがうれしいのかもしれない。

素敵なインテリアの対極にあるのが、内部のひとによる、内部だけの部屋。そのイメージを進めていけば、たとえば、いわゆるオタクの部屋になる。そういう場所は、その人だけのクウカンである。そういうのを、ほかに探すと胎内くらいしか思いつかない。胎内には、お客が訪ねていくことはできない。それは相当に気持ちのよいことなのだろうが、内部のひとも、いつかはそこから、出ていかねばならない。


部屋はどこから自分の部屋になるのだろう。

今まで何度か引越しを重ねてきた。わたしは初めての部屋に移った初日、第一日目のことを詩に書いたことがある。一日目は、一回だけ来る。それはかけがえのない一日だが、すぐに二日目に乗り越えられる。雪が汚されるみたいに、すぐに汚される。

ひりひりとした始まりの一日。シャワーをあびても、お茶を飲んでも、まだ、部屋とわたしは互いに他人。クウカンはわたしを排除してひろがっている。もとからあった気配に、新参者であるわたしは、ちくちく、いじめられて肩身がせまい。しかしわたしが、ここにいま、いることによって、クウカンは新しく確実に変化していくのがわかる。

二日目、三日目、四日目、五日目。空気が次第になじんでくる。あとは、だらだらと、ひたすらだらだらと、坂を下りるように、わたしと家は、見分けがつかなくなるくらい同化していく。

あの一日目は、どこへいったんだろう。家庭をもったり、子供が生まれたり、どんどん荷物が増えていくと、定住のきらくさ、やすらかさに、心と身体が慣れていくけれど。そんな重力にさからって、からをぬぐように家をぬげたら、それはどんなにすっきりすることだろう。そしてまた、第一日目をはじめるのだ。

たとえば転落によって、ある不幸によって、なにかをすっかり失うことによって、そういう一日目がやってくることもある。

おそれるような、待ち望むような気持ちで、わたしは未来のどこかにいる「一日目」に呼びかける。おーい。

このままだらだらと変わらぬ日常が、一方でひたすら続くことを願いながら。

死者を食う蟹

久しぶりに集まった幼馴染み四人が、「食べられないものの話」で盛り上がった。後天的な理由、例えば心に受けた傷のようなものによって、特定の食品を身体に取り込めなくなるということがある。

わたしは鶏が一切だめ。小さい頃、田舎で鶏が絞め殺される瞬間を見てしまったからよ。

あたしは海老が食べられないの。タイで見たのよ。水上生活者が海へおしっこをするところを。その海で獲れたという海老が、翌日、ホテルの朝食に出た。それからかしら……。

鱧(はも)にも似たような話があるわよ。水死体に喰らいついている鱧を見てから、それを食べられなくなったという漁師の話を聞いたわ。

あたしは中国である料理を食べたあとに、これ、犬の肉だよって言われて吐いちゃった。

野鳥料理ってあるじゃない？　あれは駄目だったな。野鳥を愛してるもの。

あら、愛の究極はそれを食べることでしょ。

話はどんどん怪しげになっていく……。

わたし自身のことを言えば、雑食のうえに量も食べる。これがだめ、というものはあまりない。子供の頃は、魚の目が怖く、しらすでさえ拒否したという超繊細？　な幼児であったのに。思いつくのは、食べ過ぎて食べられなくなってしまったカマンベールチーズくらい。これはおいしいと、一時はまり、食べ続けてある時、急に吐いた。それ以来、まったく食べていない。一生涯のうちに食べるべきカマンベールチーズを、すべて食べきってしまったらしい。吐くほど食べるなんて馬鹿じゃないと言われたが、ほんとうにわたしは馬鹿なのである。

自分のことはさておき、そのときわたしが思い出していたのは、会田綱雄の詩のことだった。

「戦争のあった年にとれる蟹は大変おいしい、なぜならその蟹が死者を食ったから」

――詩人はこの「口承」に深く心を捕らわれる。ここから「伝説」という詩が、生まれた。

湖から／蟹が這いあがってくると／わたくしたちはそれを縄にくくりつけ／山をこえて／市場の／石ころだらけの道に立つ〃蟹を食うひともあるのだ

会田綱雄は、「一つの体験として」という文章のなかで、実際の体験が、この詩を書く核にあったことを書いている。

昭和十五年、会田氏は、「南京特務機関」という、軍に直属した特殊な行政機関に入った。志願してのことである。特務機関には、かつて日本が南京を攻略したときの兵隊もいて、日本軍の南京大虐殺を、実際に見、その思い出話を聞かされるということがあったらしい。その話のあとで聞いたのが、先に書いた、「戦争のあった年にとれる蟹は大変おいしい」という伝説。事実なのか、単なる噂なのかはわからないが、どうやら蟹が戦死者を食い、それで脂がのっておいしいというのであった。占領され虐殺された側に、民間口承として伝わっていたらしい。

その後、彼は、詩友をたずねて上海へ行き、そこで、上海蟹を食する機会を得る。詩に書かれたとおり、蟹売りが道端にたち、生きた蟹を縄で縛って売っていた。詩友はそれを買って小料理屋へ入り、そこで蟹を茹でてもらう。二人はそれを肴にお酒を飲んだ。

縄につるされ／毛の生えた十本の脚で／空を掻きむしりながら／蟹は銭になり／
わたくしたちはひとにぎりの米と塩を買い／山をこえて／湖のほとりにかえる〃
ここは／草も枯れ／風はつめたく／わたくしたちの小屋は灯をともさぬ

上海蟹のおいしい季節は、秋から初冬にかけて。わたしは食したことがないのだが、聞けば、てのひらにのるくらいの小さな蟹で、蒸して、身を酢につけて食べるのが一般的だという。

くらやみのなかでわたくしたちは／わたくしたちのちちははの思い出を／くりかえし／くりかえし／わたくしたちのこどもにつたえる／わたくしたちのちちははも／わたくしたちのように／この湖の蟹をとらえ／あの山をこえ／ひとにぎりの米と塩をもちかえり／わたくしたちのために／熱いお粥をたいてくれたのだった

会田綱雄は、蟹の伝承を心に強く刻みつけていたが、あるとき中国の詩人・路易士と同席して、うっかり蟹を注文すると、彼に「自分はいやだ、カニは食わない」と断わられる。口承のことは伏せて、なぜ？　と聞くと、彼は子供のころから嫌いで、その格好が嫌いで、としか答えない。ほんとうにそうなのか、それとも、あの伝説を知って拒否しているのか、確としたことはわからない。

こうして、何一つ確証のないところに、一つの口承をめぐる詩が生まれる。その詩は、おそらく著者自身も予想できなかったほどの深さで、歴史の時間を垂直に貫き、生の真実をつきあてた。

わたくしたちはやがてまた／わたくしたちのちちははのように／痩せほそったちいさなからだを／かるく／かるく／湖にすてにゆくだろう／そしてわたくしたちのぬけがらを／蟹はあとかたもなく食いつくすだろう／むかし／わたくしたちのちちははのぬけがらを／あとかたもなく食いつくしたように〃それはわたくしたちのねがいである

蟹が食べたのは無残に死んでいった者たちで、死者の肉で自ら太った蟹を、生き残った生者が、また食らう。詩のなかでは、ちちははたちが蟹に食われたように、自らも蟹に食い尽くされることを、「わたくしたちのねがいである」と書いている。

戦争というのは二者の鮮やかな対立線をひく。勝者と敗者、加害者と被害者。そういう観点から常に語られるけれども、この詩においては、背景に「戦争」がありながら、もはや加害者と被害者という二項立ては無効なものとなっている。生者と死者というたてかたがあるだけだ。そしてそのふたつは、対立でなく、連綿と続く、同一線上のものとしてとらえられている。

イキモノを食べるということは、そのイキモノの生涯を食べるということだ。その生涯の記憶を食べるということだ。そのイキモノが経験したことを、間接的にまるごと経験するということだ。だから、死者を食った蟹を食べることは、わたしたちが死者を食う、食ったということになる。

ちちははたちは、死者を喰らった蟹を売り、それを銭にかえた。最初の連に、「蟹を食うひともあるのだ」(それは驚きだ、という意味だろう)、という一行があるので、蟹を売る彼ら自身は、蟹を食わなかった。蟹を食えなかった。しかし生きていくために蟹を銭にかえた。その銭によって生きたのである。それもまた、銭というかたちに変化した蟹を、喰らって生きたことにほかならない。

人を食った蟹で生き、その蟹に自らを食わせ、次の世代はまた、その蟹によって生きる。「蟹」という透明な装置のなかで、時間は同じ場所にふきあげる噴水として、永遠の相を見せている。繰り返され引き継がれていく、人間の残酷な生。その残酷な生の仕組みが、「蟹」を通して鮮やかに見えてくる。

いま、現代を生きているわたしは、この伝説の世界から、一見、遠いところへ来たように見える。けれど、わたしもまた、この「蟹」を通して、膨大な先人たち、膨大な顔の見えぬ匿名の死者たちと、つながっている。わたしがいま、いる場所に、前に確かにいたひとたちがいた。そのひとたちは順繰りに死者のなかへ送り込まれていき、そこへやがてわたしも組み込まれるのである。圧倒的多数の死者のなかへ。

生きているものはみな、この「蟹」を食べる連鎖からはずれることはできない。最初に死者を食った蟹を食ったひとに、わたしがつながっているのだから、わたしもまた、蟹を、死者を食った。ひとを食べたのだ。罪があるのだ。なにひとつ手をくだしていない、このわたしにも。

それにしても、甲殻類、とりわけ蟹には人の想像力を不思議と刺激するものがある。グロテスクな形。硬い殻と美味なる白い肉。横にしか歩けない奇妙な身体。蟹を見るとき、蟹もわたしを透かして見ているような気がする。蟹が見ているのか。それともその存在の向こう側にいる、圧倒的な死者たちが見ているのか。

夢のなかで、蟹たちの歩く音を聞いたことがある。がしゃ、がしゃ、がしゃ、むしゃ、むしゃ、むしゃ。不気味な集団の音をたてながら、小さな蟹たちが、わたしの夢の闇を食っていた。

背・背なか・背後

　待ち合わせ場所にすでに相手が到着していて、しかもそのひとが後ろ向きに立っていたような場合、一瞬、どんなふうに声をかけようかと、迷いながら背後からそのひとに近づいていく。

　前からだったら、目と目があえば、それで済む。待った？　久しぶりね、さあ、行こう――会話は船のように自然と進む。

　ヒトの無防備な背中を前にすると、なぜか言葉を失ってしまう。つきあってきたのは、どのひとども、彼らの正面ばかりのような気がして、心もとなく背中を眺めやる。

　そのひとがくるっと後ろを振り向けば、ただちにわたしは、そのひとの世界に合流できるのに、後ろ姿は閉ざされた扉だ。

　そのままわたしが行きすぎれば、そのひととわたしは永遠に交わらないまま、これを最後に別れてしまうかもしれない。

待ち合わせの約束を一方的に破棄するのだから、これは裏切りだが、出会うことは常におそろしい衝突でもあるから、衝突をさけて、ひとの背後を、ひたすら逃げ続けるという生き方もある。例えば犯罪者か逃亡者のように。

そういう考えが、ひとの背を見ながら、わたしのなかにひょこっと現れる。そのことはわたしを少し驚かす。わたしは何かを恐れている。

そもそも背中は、そのひとの無意識があふれているように感じられる場所である。だから誰かの後ろ姿を見るとき、見てはならないものを見たようで後ろめたい感じを覚えることもある。

背中の周りに広がっているのが、そのひとの「背後」と呼ばれる空間だ。自分の視線がまったく届かない、見えない後ろ半分のこと。わたしはこの空間になぜか惹かれる。見えない、というところに惹かれているのだろうか。

ひとは自分の背後の世界で、何が起きているのか知り得ない。だから背後は、そのひとの後ろに広がっているのに、そのひとだけを唯一、排除して広がっている。

背後という空間から、その人自身が排除されているといっても、それはひとと背後が無関係であるということではない。振り返りさえすれば、いつでもひとは、自分の背後がそこにあることに気づく。もちろん、振り返ったのち一瞬にして、そこは背後ではなくなるわけだが、先ほどまで背後としてあった気配は、すぐには消えないで残っている。

そのとき今度は正面であったところが、自分の背後と化している。意識が及ぶのは、常に眼前の世界で、背後のことは即座に忘れられる。視線の行くところが意識の向くところだ。だから目を開けて背後を考えるのは、開いている目を、ただの「穴」とすることに他ならない。その穴のなかを虚しい風が通り抜けていく。背後を思うとき、自分が、がらんどうの頭蓋骨になったような気がする。

ひとと話をしていて話の途中で、そのひとの背後にふと視線が及ぶことがある。何かとても大切なことを話しているときに、後ろで樹木がはげしく風に揺られていたり、夕日がまぶしく差し込んでいたり、鳥が落ちてきたり、滝が流れていたり、不吉な雲が流れていたりするのに目がとまる。

不思議な感じがする。こちら側の世界と触れ合わない、もうひとつの世界が同時進行で存在している。そのことに気づくとおそろしくなる。背後とはまるで、彼岸のようではないか。

そしてわたしが見ることができるのは、常に、他者の背後ばかりだ。見えるのが、いつも、ひとの死ばかりであるということと、これはまったく同じ構造。

自分の死が見えないように、自分の背後は見えないし、そもそもわたしは、自分の後ろ側など、まるで考えもせずに暮らしている。見ることができないし、見る必要もないのだ。

ただし、着物を着て、帯の具合を見たいときなど、あわせ鏡で確認することはある。このことを考えると、やっぱり鏡とは、魔境へひとを誘う魔の道具であると思う。しかも、背後へは、この道具をダブルで使用しなければならないのだから、ひとが自分の背後へ到達することの、おそろしさと困難さがわかろうというものだ。

背後は死角である。

死角を衝かれる時、ひとは驚く。わたしが冒頭に、後ろからどう、ひとに声をかけようかと迷ったのも、相手をびっくりさせないためにはどうするのがいいのか、という思いもあった。

そもそも身体に触れないで、声だけでそのひとを振り向かせることはできるのだろうか。

簡単なのは名前を呼ぶことだ。名前というのは、そのひとを呼び出す強力な呪文みたいなものである。

わたしは会話のなかで、対面するひとの名前を呼ばずして、そのひとと会話を進めることに、いつも居心地の悪い思いを持つ。あなたという二人称はあるけれども、固有名詞で呼びかけずにはいられない。相手のひとにも名を呼んでほしい。

それはわたしが、何か強い結びつきで、この同じ場に、対話の相手を呼び出し、呼び出され、ともに在りたいと願うからなのだろう。

名前を呼ばずに、例えば、あのーお待たせしました、とか、小池でーす、こんにちは、とか、そういう類の言葉を投げかけて、そのひとが確実に振り向くかどうか。わたしにはほとんど自信がない。

だからそういうとき、やっぱり、相手の肩のあたりを、ぽんと軽く叩くかもしれない。あるいはわざわざ正面へ、まわるか。

背後の世界をくぐるとき、わたしたちは一瞬にしろ、言葉というものを、放棄しなければならないということなのだろうか。


ここまできて思い出すのは、子供のころの遊びである。昔からあるいくつかの子供の遊びには、背後や背後の不安感情を、逆に利用したものが多いような気がする。

例えば「だるまさん、ころんだ」。

「鬼」は、向こう側を向いて、「だるまさん、ころんだ」、と大声で唱える。言い終わったあと、自分の背後を振り返る。鬼以外の子供たちは、それまでに、鬼に近づくために歩みを進め、そこでアクションを止めておかねばならない。少しでもぶれたものは、鬼にそのことを指摘され、鬼と手を繋ぎ、鬼の一部分になる。

鬼が振り向いて見るのは、そうしていつも凝固した世界ばかりである。世界が溶け出すのは、鬼が向こう側を向いて、呪文を唱えている間だけ。鬼の視線が届くところ、人間は次々と石のように固まる、これはつまり、鬼の前では死んだふりをしろということか。

鬼の立場になって語れば、振り返ったときに見える視界の変化は、面白くてなまめかしいものであった。これはわたしの身体が覚えていることだ。自分が振り返ることで、世界が固まる、そこには自分に特別の力が与えられたという錯覚がもたらす恍惚感があったのかもしれないし、単に視界が刻々と変化していくさまを、それもストップモーションで見せられることの面白さ、恐ろしさがあったかもしれない。

鬼はタブーとして恐れられる存在だが、鬼にとっても、自分の背後に控え、微妙に前進して近づいてくる他者というのは、不安でとてつもなく怖い存在だ。

そのなかの誰か勇気ある者が、鬼と鬼に繋がれた子供のあいだを、「ゆび、きった」と言って切断する。鬼以外の子供たちは、そのとき一斉に鬼から離れ、少しでも遠くへ飛び散るように逃げるのである。

ここに冒頭に書いたような行為を、重ねあわせてみる。待ち合わせなのだから、すぐにでも近づいていけばいいのに、身体の奥に妙な抵抗感があったのは、背後をくぐってそのひとに触れるという行為に、鬼に近づく、タブーに触れるという意味が、かすかに残っていたからかもしれない。

子供のころの遊びの行為は、身体の奥に、そのまま原型として保護され、手付かずのまま、大人へと持ち越されていくことが時々あるようだ。

あるいはまた、「かごめ、かごめ」という遊びはどうだろう。「かーごめ　かごめ　かーごのなかの　鳥は　いついつ出やる　夜明けの晩に　鶴と亀が　すーべった　後ろの正面　だあれ」

鬼らしき子供を輪のまんなかに置いて、その周囲を、手をつないで、輪になって回る。歌が終わったところで、鬼は自分の背後に位置する子供をあてる。「夜明けの晩」とは奇妙な言葉だ。そして、「後ろの正面」という言葉は、わけもなく、怖い。二つともに、まったく逆の意味が同時に響いている。

柳田国男の『こども風土記』を読んでいたら、冒頭から、背中のことが出てきて驚いた。背中を叩いて、何本かの指を立て、その数を当てさせるという遊びについて書かれている。「鹿、鹿、角、何本」と唱える地方もあるという。

これに関連して、東京の子供たちが、別れるときなどに、「おみやげ　三つに　気がすんだ」という、意味のとれない文句を唱えて、友達の背中を打つしぐさもあげられているが、これは昭和三十四年、東京下町に生まれたわたしの記憶には、定かに残っているものではない。

ただ、この文句は、どこかで聞いたことがある。「人の背なかを打つということは、そう軽々しい戯れではな」く、「それでも喧嘩にはならぬだけの約束が」あったのだ、と柳田国男は書いている(ちなみに、ひとの背中を叩いて、鹿の角の数を当てさせる遊びは、世界の各地で見られるという)。

自分の背後を思うことは、自分の無意識を探るような行為だが、さて、詩を書くこともまた、無意識の探求。

鬼がくるっと、こちらを振り返らないように願いながら、同時に、その鬼を振り返らせようとして、矛盾のなか、わたしはずっと詩を書いてきたような気がする。

幼年時代から今に至るまで、ずいぶんと長く遊んでいることになる。

別離

今年は、母の家の小さな庭で、梅の木になるたくさんの梅を収穫し、過日、その全てを梅酒に仕込み終わった。時間がかかりそうなこんなことを、まさか自分がやることになるとは思わなかった。親はすでに八十半ばを超え、梅の収穫は難しい。もし梅酒が飲みたいのなら、誰かがこの仕事を受け継ぐ必要があった。

とはいえ、わたしはアルコールに弱く、梅酒の梅一個でまっかになる。梅酒など、どうしても飲みたいものではない。そもそも生家を出てから長く、庭の梅の木にも梅の実にも、思い入れなどはまるでなかった。

ところがある日、木の下に、ごろりと横たわる黄金のブツを発見。落ちた梅だ。一個拾うと、翌朝、また一個。増えていくにつれ、それらがまるで、梅自身の「催促」と感じられた。そして見上げれば木の枝には、ここにもあそこにも、青梅が陽に、輝いている。脚立を用意し、一個をもぐと、こちらもまた、一個、また一個と、もぐ手が止まらない。わたしは強欲だ。

「あーやってくれる人が現れた、夢のようだわ」。母が言った。このひとは、実を摘まずに、習慣を途切れさせることを、罪と感じていたらしい。台所には、未だ飲みきっていない、去年の梅酒がわずかに残っていた。

自転車で酒屋へ走る。梅酒用のブランデーと氷砂糖を買うためだ。収穫した梅は十キロほど。それに見合う量となると、ブランデーだけで湖ができそうだし、砂糖だってちょっとした山になる。

自転車の荷台にそれらを積むと、あまりの重さに走ることもできない。よろよろと手で押すことになり、まあ、こんなことなら配達を頼めばよかった、それにしても、梅酒を作ろうという人は、材料を揃える段階からこんな難儀なことをやっているのだなと、初めてすることには、驚きの種が絶えない。

梅は洗ったのち、よく乾かし、へたのところを抉り取って始末をする。この部分から雑菌が入ってカビが生じるのを防ぐためだ。瓶はもちろん、熱湯消毒する。

仕込み終わった大瓶が、今、実家の台所に並んでいる。わずかに差しこむ光を吸い取って、そこだけどんよりと鈍く光っている。簡単には滅びそうもない重量感だ。梅というより時間そのものが、いよいよ熟成の準備に入ったようだ。

瓶の底に敷きつめられているのは、いまだ形を残した氷砂糖だ。これから長い時間をかけ、形をほどき、ゆらゆらと液体に溶け出していく。瓶全体は、どっしりとして微動だにしない。ところが中身の果実の方は、黄金色の液体に自らの充実を受け渡し、安心し切ってプカプカと浮いている。

瓶のなかで、こうして引力と浮力という、真逆の方向に向かう力が調和していた。それにしても、わたしはいったい誰のために今年の梅酒を作ったのだろうか。梅の収穫が、つい面白くなって、次々もぎとってしまったのは確かだけれど、そこから先は否応のない流れに乗っただけ。自分のためでないことははっきりしている。母のため、というのも少し違う。母もまた、自分だけでなく、誰かも飲むから梅酒を作っていた。だがこの家にはもう、かつてのように、おおぜいの人々が出入りするわけでもない。今年の梅酒は、年をまたいで、だいぶ先まで残り続けるような気がする。

さて、作業が終わっても、庭の土のうえには、一個、また一個と、収穫の際に見落とした残りの梅が落下してきた。石にぶつかったか、鳥にでもつつかれたか、皮が破れ、傷ついたものもある。天然の産毛が汚れをはらうのだろう、土の上に落ちても汚れた感じはしない。

梅が落ちる瞬間を、わたしは見たことがない。ぜひ見たいが、梅の木の前にじっと陣取っているわけにもいかず、奇跡的な偶然はそう簡単にはやってこない。

正確にいえば、わたしは落ちてくる梅を見たいのではなく、梅が枝から別れるところを見たい。どのように別れるのかを見たい。そして梅が、地面に落下する音を聴きたい。

最近、試写で観た、ジョージア(グルジア)の映画「聖なる泉の少女」が思い出された。舞台はグルジア南西部の山奥の村。そこには人々を癒す泉の神話が息づいていて、ともに「癒し手」を持つ父娘が暮らしている。父は娘が結婚することを望まず、生涯独身の身で泉を守って欲しいと思う。だが娘には好きな人ができる――。わたしは式子内親王を思い出した。この孤高のおひめさまは、賀茂神社の斎院として祭祀に奉仕し、生涯独身のまま、すばらしい御歌を詠んだ。

映画の画面には、自然の物音と沈黙が満ち、セリフはごくわずか。ザザ・ハルヴァシ監督は、早朝、遠くの木の梢から雪が落ちる音を聴き、その「絶対的な静寂を映像言語で表現することができないか」と思ったのだそうだ。それを知っていよいよ式子内親王の代表歌――山ふかみ春とも知らぬ松の戸にたえだえかかる雪の玉水――が重なった。

落ちる雪の音なら、わたしも冬の公園で聴いたことがある。誰もいないのに、背後で、いきなりどさりと音がして、驚き振り返ると、枝が揺れていた。枝の上に積もった雪が落ちたのだった。厳密にいえば、この経験も、雪の落ちた瞬間を見たわけではなく、落ちた後を確認しただけだ。不思議なことに何かが生成する瞬間というのは、なかなか目撃することができなくて、せいぜい、その前後を確認できるだけだ。

梅の落ちる瞬間にも、わたしは立ちあったことがない。梅の実には、産毛がびっしりと生えていて、それをベルベットの布地に譬える人もいる。そんな柔らかな表皮を持った実は、落ちても土に衝撃を吸収され、木琴のような素朴な音があがるくらいだろう。

わたしは昔からそんなことが気になるたちで、落葉を見ても、葉っぱが枝から離れる瞬間を、拡大鏡で見てみたいと思う。

梅の実についても同じだ。枝がある決意をもって梅を離すのか、あるいは梅の意志、梅の成熟をもって、枝から自然に実が落ちるのか。主体はどちらにあるのか。そんなことが気になる。決意とか意志とか言っても、もちろん、植物界のそれは、人間の世界にあるような感情とは無縁で、植物が生きる上で「時が満ちた」という納得が、枝と葉、枝と実の両者にやって来るのだと思う。

落葉の仕組みが気になって調べてみると、光の不足などで枯れ始めた葉っぱには、枝と葉の間に、「離層」と呼ばれる細胞層が形成されることがわかった。落葉は、植物の老化現象だが、この離層が形成されることにより、枝と葉が切断されるのだそうだ。

果実の実が落ちることを落果というが、落果の場合も落葉と同様で、果柄(木の幹から出て実を支える枝)と果台(実の付け根)とのあいだに、離層が形成されるという。離層とは、スムーズな離別を促す装置なのだ。

落葉や落果という植物の部分的な死は、一つの生命体が成長し生き延びるために必要なもので、植物を見ていると、生命というものが、そのように常時、死を抱え込んでいることがわかる。

ところで、倹約家の母は、落ちている梅を見つけると、かならず拾ってきて、追加で入れろと言う。わたしは一応、受け取っても、実際は入れたり入れなかったりする。追加、追加は、きりがないことである。それに一旦、閉じた蓋は、時が満ちるまで簡単には開けたくない。仮に追加で入れるにしても、傷のある梅はよけておきたい。だいたい落ちている梅は、半ば成熟し、黄色くなっていて、それはジャムなどには適するけれども、梅酒に漬けるならやはり青梅がよろしいと、梅酒の作り方には書いてある。成熟した梅だと、漬けてから崩れたり破れたりして、液が濁ることがあるらしい。

製造を命じるだけの者(母)と、実際の労働者(わたし)のきもちは、このように乖離している。しかしどんな時も、現場を知り、労働する者が一番偉い。そう思うわたしは、結局、自分が思うようにしてしまう。

そうして、落ち梅のいくつかを瓶には入れず、台所の片隅に置き、眺めているうちに、梅の、枝から分かれてきた部分、つまり、へたの部分に目がとまった。

すでに述べたとおり、手でもいだ梅は、いわば強制力によって、枝からひきはがしたため、その部分の処理が必要である。竹串を使ってきれいに始末をするのだが、慣れないわたしは、最初、手こずった。

ところが、自然の重力によって落下した梅には、その必要がまったくない。へたが最初から取れているのだ。枝から分かれてきたどんな痕跡も見当たらず、最初からそうして生まれてきたかのように、ごく自然に、自らを巻き込んでいる。へた取りに苦労したものだからなおのこと、余分なものを一切脱ぎ捨てた、美しいくぼみに惹きつけられた。

落下した梅だけで梅酒作りができれば、こんなに楽なことはないが、これも前述のとおり、梅酒に最適なのは青梅である。人間世界に食べ物として提供される場合、落ちた実は二級品の扱いを受けている。

しかしその存在そのものに注目するならば、割れていようと汚れていようと、落ちた梅は見事な梅の完成形だ。そこには「落ちた」という事実に対する、枝(本体)と梅(分離体)双方の納得が感じられる。合点がある。合意がある。無理がない。だから別れの痕跡もない。

木を離れ、一個の存在となり、そのまま放置されれば、落ちた場所で腐っていくだけだ。果物にとっては、そこが死に場所となる。

とても若い頃、わたしには、初めて将来を約束した人がいた。すっかりその気になって浮かれていたら、ある日、その相手が別の人と結婚するという噂が聞こえてきた。ええっ、どういうこと？　約束が継続中だと思っていたわたしは非常に驚いた。わたしたちの認識はどこでずれたのか。親にも言えず、一人悩んだが、自分にも何か非があるような気がして、相手を責められなかった。

最後と思って電話をかけた。電話の向こうにいる人に、ひとこと、結婚するの？と聞いた。その人は黙っていた。吸い込まれそうな闇だった。黙っているということの中に、何もかもがあった。自分がしたことの意味を、そのひとは十分わかっているようだった。

あの時、世界は崩壊した。

約束というものは、はかないものだ。何の保証もないそんな危ういものをかわし、わたしたちは平気な顔で断崖を生きている。

あの時、はっきりとした破棄の言葉があれば、別れの言葉があれば、わたしは前に進めただろう。長く、この衝撃を引きずったけれど、歳月は流れ、わたしはその後を生き、今も生きていて、この顚末も忘れた。けれど落下した梅について書くうち、なぜかあの時の記憶が蘇ってきた。

もっとも今、わたしのどこを見ても、あの時の傷は見当たらないだろう。長い年月にさらされたせいだろうか。嵐は吹いたが、あれもまた、自然の摂理の中で起こった落果だったのだと今は思える。

時が満ち、全ての細胞が納得し、梅は落ちる。枝から地面へ。その数秒間を思ってみよう。

例えば詩の行も、次々と落下する梅のごときものであったら、改行は、限りなく自然な切断となるだろう。それ自体の重みで自然に言葉が切れ、次へ渡る。言葉の別れ、切断こそが、詩のリズムを作る。

例えばわたしも落下している途中の梅なのだと、想像してみるのも面白い。いつ、どこへ落ちるのかわからない。その時はいきなり来る。それを思うと、木になる梅の一個一個に、覚悟というものが見えてくる。

地面に落ちた時、誰にも聞こえないほどの柔らかな音が立ち、そこから先のことは、もう誰にもわからない。実っていた時より、少しだけ遠い空。その時が来たら、もはや誰にも拾われたくはない。落ちた場所で、一人静かに朽ち果てていくことにしよう。

あとがき

経験というものは不思議なものです。それは、新しい服を着るのとは違う。平凡に見えることがらでも、ひとつの経験はそれまでのすべての経験をゆりうごかし、心のなかの配置や組み合わせを変えてしまうようなところがあります。底のほうにねむっていたものが、むっくりおきあがって表面に出てくることもある。そうしたあれこれを書き付けているうちには、文章は次第にフィクションに傾き、ときには、このひと誰よ、と思うような人物が、ぽこっと現れてくることもありました。

収録した文章のほとんどは、「言葉が広げる風景」というタイトルで、『図書』に二年間、連載したなかから選んだものです。書下ろしを二編、加えました。

ギュンター・グラスの詩に出てきた風景が、本の題名になりました。もうじきに嵐が来るというのに、不穏な雲の下、卵をあたためている尻の重いめんどりは、どこか自分に似ているような気がします。

二〇〇五年九月

小池昌代

岩波現代文庫版あとがき

単行本刊行から十四年が流れ、その間、知人や家族の誰彼が死んだ。わずかに新しい人との出会いもあった。誰もが、出会い、別れ、生きて、死ぬ。だがその過程には、豊かなと言ってみたい日常の時間があった。

今回、過去に書いたものを読み返していると、自分はもう死んでいて、生きていた頃に自分が感じたこと、考えたことを黙って見ているような気持ちになった。

本当に死んでいるのなら、手を入れることなどできない。気づくと、わたしは自分の書いたくどい文章に、文句を言いながら赤字を入れていた。ああ、生きるということは、足掻くことである。

十月。東京を巨大な台風が通過し、「今まで経験したことのないような」という言葉をニュースでアナウンサーが連呼していた。異常気象は、自然のゆらぎとも、地球温暖化が関係していることだとも言われている。

台風が去った後、わたしはこの「あとがき」を書き直すことにした。台風に限らず、この世界に生起するどんな小さな事柄とも、生きている限り、わたしたちは無縁でいることなどできない。どんな一瞬も、同じように見えて、本質的には今まで経験したことのない一瞬である。それらに影響され、刻一刻と自分自身も変わっていく。激変する一瞬の総体＝セカイのなかに、不変のものはあるだろうか。信じられるのは、心が動く、その刹那だけだ。

黒雲という言葉は不穏で、タイトル自体、長い。この機会に変えることも考えた。しかし「不安」とともにわたしは歩いてきて、今も手ごわい道連れである。奴に飲み込まれまいと、台風の夜も、子供のように怯えつつ、しかし両腕には、抵抗する、(最後の?)エネルギーが、まだみなぎっていた。

文庫には、単行本刊行後、『図書』に書いた三本のエッセイを補充しました。単行本では、入谷芳孝さんに、文庫化に際しては、清水御狩さんに大変お世話になりました。最後に、解説を引き受けて下さった片岡義男さんに心からの感謝を。ありがとうございました。

二〇一九年十月

小池昌代

解説

片岡義男

小池昌代さんは「別離」という文章を岩波書店の『図書』二〇一九年九月号に書いた。この文庫にその文章は採録されている。僕は「別離」を読んだ。たいそう興味深い文章だった。だからその文章について、書いてみる。「今年は、母の家の小さな庭で、梅の木になるたくさんの梅を収穫し、過日、その全てを梅酒に仕込み終わった」と、小池さんはその文章を書き出している。

八十なかばを過ぎた母親が小さな庭のある家に住んでいる。その庭には梅の木がある。梅の実が実った。収穫の時期だ。しかし母親にはすでに荷が重すぎる。だから娘の小池さんが、青い梅の実を収穫する仕事を引き受けた。梅酒を作る、という毎年の習慣を途切れさせたくない、と母親は思っている。小池さんは酒に弱く、梅酒にも庭にある梅の木にも、そしてその木になる青梅の実にも、思い入れのようなものはない。

しかし小池さんはある日、梅の木の下に落ちている梅の実を見つける。次の日にはもうひとつ、落ちている。梅は催促している、と小池さんは感じた。私たちを収穫してください、という催促だ。これを感じる人が、小池昌代さんという人なのだ、と僕は真剣に思う。催促されたからには、収穫しないわけにはいかない。脚立を用意して小池さんは梅を収穫する。今年の梅酒はいったい誰のためなのか、と思いながら。

梅酒をつけるのを手伝う、という作業を子供の頃、一度だけしたことがある。アメリカによって空爆される東京を逃れて、僕は山口県の岩国にいた。裏庭は山裾まで広がり、いろんな木があり、そのなかには梅の木もあった。僕の役目は木の枝から収穫した青梅を洗うことだった。これだけでも大変な作業だった。使ったはずの酒に関しては記憶はないが、氷砂糖の量の多さには驚いた。何日かあと、台所の隅にずらっとならんでいる梅酒の瓶を、不思議な気持ちで眺めたのを、いまも覚えている。

梅酒の仕込みが終わり、その大瓶が台所の隅にならんでも、取り忘れた梅の実が、ひとつ、またひとつと、落下してくる。この落下した梅の実を、小池さんは見る。「梅が落ちる瞬間を、わたしは見たことがない」と小池さんは書く。ぜひ見たい、と小池さんは書くけれど、「正確にいえば、わたしは落ちてくる梅を見たいのではなく、梅が枝から別れるところを見たい。どのように別れるのかを見たい。そして梅が、地面に落下する音を聴きたい」。

梅の実とその木との、別離だ。そしてその別離にともなうはずの、静かな音だ。ここに小池昌代がある、と僕は書く。

子供の頃の僕には、何丁かの空気銃が身辺にある、という時期があった。こんどのクリスマスにはなにが欲しいかね、と親戚の人たちや親しい知人が僕に訊く。ラジオと答えれば、何台かのラジオとともに正月を過ごすことになった。空気銃、と答えた冬には、いくつもの空気銃があった。銃口を下に向けると球が落ちてくる、という連発式の拳銃のかたちをした空気銃もあった。

十メートル離れて直径三センチの円のなかに着弾すること、という子供なりの基準を満たしたのは、おそらく国産の、中折れ式のやや古風なかたちをした、単発の空気銃だった。この空気銃ではいろんなものを射った。狙ったところに当たるからだ。当たらなければ問題は射手にある、と僕は思っていた。

ある日、裏庭で、二十メートルほどの距離から、梅の木に実った梅の実を、僕は狙った。球は入っていなかった。射つつもりはなかった。ただ狙ってみただけだ。これで球が入っていれば、そして僕が引き金を引くなら、かならずやその球はあの梅の実に当たる、と僕が思った瞬間、その梅の実は垂直に美しく、落下した。美しい垂直、というものを子供の僕は初めて見た。

空気銃で僕が梅の実に狙いをつけたことと、その梅の実が偶然にもその時に落ちたこととの間には、なんの因果関係もなかった。そのことは子供の僕はなぜか承知していた。梅の木で枝に実った梅の実は、完全に熟して時がきたなら、あとは落ちるほかないから落ちるのだ、と僕は思った。

梅の木の下へいき、落ちた梅の実を拾ってみた。どこにも傷のない、きれいな梅の実だった。よく洗ってすぐに食べた記憶がある。口のなかに残った硬い種をもてあました、という記憶もある。梅が落ちる瞬間を見たい、と小池さんは言う。ぜひ見たいが、「奇跡的な偶然はそう簡単にはやってこない」と小池さんが書いている偶然を、僕はいま書いたとおり、空気銃を介して体験した。偶然には違いないが、たいした偶然ではないと僕は思う。小池さんが書くような、「奇跡的な偶然」ではない。空気銃であの梅の実に狙いを正しく定めたときの、子供とはいえひとりの射手が感じとった直感にもとづいて、いま僕はこれを書いている。

あの梅の実は確か地面の上に落ちた。枯れ葉が重なり合っていたかもしれない。ひとつの梅の実が落ちたのだから、音はしたはずだ。どんな音だったか。僕は聞きそこねた。音は聞かなかった。残念だ、としか言いようがない。凡庸な想像ならいくらでもすることは可能だが、そのことに意味はまったくない。ではそれは無音なのか。そうとも言えない。落ちる瞬間を僕は見ただけです、としか言えない。

「聖なる泉の少女」という映画を監督したザザ・ハルヴァシが、早朝、遠くの木の梢から雪が落ちる音を聴き、その「絶対的な静寂を映像言語で表現することができないか」と思ったことについて、小池さんは書いている。そして小池さんは、山ふかみ春とも知らぬ松の戸にたえだえかかる雪の玉水、という歌を引用している。雪が木の枝から落ちたあとを、確認として見るのではなく、落ちる瞬間を見たい、と小池さんは言う。

「時が満ち、全ての細胞が納得し、梅は落ちる。枝から地面へ。その数秒間を思ってみよう」と書く小池さんは、さらに続けて、次のように書く。「例えばわたしも落下している途中の梅なのだと、想像してみるのも面白い」。

こんなふうに書く小池さんは、「落葉の仕組みが気になって調べてみる」人でもある。

落葉は植物の老化現象だそうだ。枯れ始めた葉と枝とのあいだに、離層と呼ばれる細胞の層が形成されていく。この離層が出来上がりきると、葉は枝から文字どおり離れていき、落葉となる。果実の場合も、たとえば梅の実であっても、まったくおなじことが起きる。梅の実を支える枝と、実のつけ根とのあいだに、離層が形成されていく。その離層が形成されきったある瞬間、いっさいなんの痕跡も残すことなく、実は落下する。小池さんは次のように書く。

「地面に落ちた時、誰にも聞こえないほどの柔らかな音が立ち、そこから先のことは、もう誰にもわからない。実っていた時より、少しだけ遠い空。その時が来たら、もはや誰にも拾われたくはない。落ちた場所で、一人静かに朽ち果てていくことにしよう」。

（かたおか　よしお／作家）

本書は二〇〇五年十一月、岩波書店より刊行された。岩波現代文庫収録にあたり、「沃川へ」(『図書』二〇一二年七月号)、「きみとしろみ」(『図書』二〇一五年三月号)、「別離」(『図書』二〇一九年九月号)を増補した。

本書中の時の表現は初出時のものである。

黒雲の下で卵をあたためる

2019年12月13日　第1刷発行

著　者　小池昌代（こいけまさよ）

発行者　岡本　厚

発行所　株式会社　岩波書店
〒101-8002 東京都千代田区一ツ橋2-5-5
案内 03-5210-4000　営業部 03-5210-4111
https://www.iwanami.co.jp/

印刷・精興社　製本・中永製本

ISBN 978-4-00-602314-0　Printed in Japan

岩波現代文庫の発足に際して

新しい世紀が目前に迫っている。しかし二〇世紀は、戦争、貧困、差別と抑圧、民族間の憎悪等に対して本質的な解決策を見いだすことができなかったばかりか、文明の名による自然破壊は人類の存続を脅かすまでに拡大した。一方、第二次大戦後より半世紀余の間、ひたすら追い求めてきた物質的豊かさが必ずしも真の幸福に直結せず、むしろ社会のありかたを歪め、人間精神の荒廃をもたらすという逆説を、われわれは人類史上はじめて痛切に体験した。

それゆえ先人たちが第二次世界大戦後の諸問題といかに取り組み、思考し、解決を模索したかの軌跡を読みとくことは、今日の緊急の課題であるにとどまらず、将来にわたって必須の知的営為となるはずである。幸いわれわれの前には、この時代の様ざまな葛藤から生まれた、人文、社会、自然諸科学をはじめ、文学作品、ヒューマン・ドキュメントにいたる広範な分野のすぐれた成果の蓄積が存在する。

岩波現代文庫は、これらの学問的、文芸的な達成を、日本人の思索に切実な影響を与えた諸外国の著作とともに、厳選して収録し、次代に手渡していこうという目的をもって発刊される。いまや、次々に生起する大小の悲喜劇に対してわれわれは傍観者であることは許されない。一人ひとりが生活と思想を再構築すべき時である。

岩波現代文庫は、戦後日本人の知的自叙伝ともいうべき書物群であり、現状に甘んずることなく困難な事態に正対して、持続的に思考し、未来を拓こうとする同時代人の糧となるであろう。

（二〇〇〇年一月）

岩波現代文庫［文芸］

B272
芥川龍之介の世界
中村真一郎

芥川文学を論じた数多くの研究書の中で、中村真一郎の評論は、傑出した成果であり、最良の入門書である。〈解説〉石割 透

B273-274
法服の王国
小説裁判官(上・下)
黒木 亮

これまで金融機関や商社での勤務経験を生かしてベストセラー経済小説を発表してきた著者が新たに挑んだ社会派巨編・司法内幕小説。〈解説〉梶村太市

B275
惜櫟荘だより
佐伯泰英

近代数寄屋の名建築、熱海・惜櫟荘が、新しい「番人」の手で見事に蘇るまでの解体・修復過程を綴る、著者初の随筆。文庫版新稿「芳名録余滴」を収載。

B276
チェロと宮沢賢治
―ゴーシュ余聞―
横田庄一郎

「セロ弾きのゴーシュ」は、音楽好きであった賢治の代表作。楽器チェロと賢治の関わりを探ることで、賢治文学の新たな魅力に迫る。〈解説〉福島義雄

B277
心に緑の種をまく
―絵本のたのしみ―
渡辺茂男

児童書の翻訳や創作で知られる著者が、自らの子育て体験とともに読者に語りかけるように綴った、子どもと読みたい不朽の名作絵本45冊の魅力。図版多数。〈付記〉渡辺鉄太

2019. 12

〜岩波現代文庫[文芸]〜

B278
ラーニャ
伊藤比呂美
あたしは離婚して子連れで日本の家を出た。心は二つ、身は一つ…。活躍し続ける詩人の傑作小説集。単行本未収録の幻の中編も収録。

B279
漱石を読みなおす
小森陽一
戦争の続く時代にあって、人間の「個性」にこだわった漱石。その生涯と諸作品を現代の視点からたどりなおし、新たな読み方を切り開く。

B280
石原吉郎セレクション
柴崎聰編
石原吉郎は、シベリアでの極限下の体験を硬質にして静謐な言葉で語り続けた。テーマ別に随想を精選、詩人の核心に迫る散文集。

B281
われらが背きし者
ジョン・ル・カレ
上岡伸雄
上杉隼人訳
恋人たちの一度きりの豪奢なバカンスがマフィアの取引の場に! 政治と金、愛と信頼を賭けた壮大なフェア・プレイを、サスペンス小説の巨匠ル・カレが描く。〈解説〉池上冬樹

B282
児童文学論
リリアン・H・スミス
石井桃子
瀬田貞二訳
渡辺茂男
子どものためによい本を選び出す基準とは何か。児童文学研究のバイブルといわれる名著が、いま文庫版で甦る。〈解説〉斎藤惇夫

2019.12

B283
漱石全集物語
矢口進也

なぜこのように多種多様な全集が刊行されたのか。漱石独特の言葉遣いの校訂、出版権をめぐる争いなど、一〇〇年の出版史を語る。〈解説〉柴野京子

B284
美は乱調にあり ―伊藤野枝と大杉栄―
瀬戸内寂聴

伊藤野枝を世に知らしめた伝記小説の傑作が、文庫版で蘇る。辻潤、平塚らいてう、そして大杉栄との出会い。恋に燃え、闘った、新しい女の人生。

B285-286
諧調は偽りなり(上・下) ―伊藤野枝と大杉栄―
瀬戸内寂聴

アナーキスト大杉栄と伊藤野枝。二人の生と闘いの軌跡を、彼らをめぐる人々のその後とともに描く、大型評伝小説。下巻に栗原康氏との解説対談を収録。

B287-289
口訳万葉集(上・中・下)
折口信夫

生誕一三〇年を迎える文豪による『万葉集』の口述での現代語訳。全編に若さと才気が溢れている。〈解説〉持田叙子(上)、安藤礼二(中)、夏石番矢(下)

B290
花のようなひと
佐藤正午
牛尾篤画

日々の暮らしの中で揺れ動く一瞬の心象風景を〝恋愛小説の名手〟が鮮やかに描き出す。秀作「幼なじみ」を併録。〈解説〉桂川潤

2019.12

岩波現代文庫[文芸]

B291
中国文学の愉しき世界
井波律子

烈々たる気概に満ちた奇人・達人の群像、壮大にして華麗な中国的物語幻想の世界！ 中国文学の魅力をわかりやすく解き明かす第一人者のエッセイ集。

B292
英語のセンスを磨く
—英文快読への誘い—

行方昭夫

「なんとなく意味はわかる」では読めたことにはなりません。選りすぐりの課題文の楽しく懇切な解読を通じて、本物の英語のセンスを磨く本。

B293
夜長姫と耳男
近藤ようこ漫画
坂口安吾原作

長者の一粒種として慈しまれる夜長姫。美しく、無邪気な夜長姫の笑顔に魅入られた耳男は、次第に残酷な運命に巻き込まれていく。

〔カラー6頁〕

B294
桜の森の満開の下
近藤ようこ漫画
坂口安吾原作

鈴鹿の山の山賊が出会った美しい女。山賊は女の望むままに殺戮を繰り返す。虚しさの果てに、満開の桜の下で山賊が見たものとは。

〔カラー6頁〕

B295
中国名言集 一日一言
井波律子

悠久の歴史の中に煌めく三六六の名言を精選し、一年各日に配して味わい深い解説を添える。毎日一頁ずつ楽しめる、日々の暮らしを彩る一冊。

B296
三国志名言集
井波律子

波瀾万丈の物語を彩る名言・名句・名場面の数々。調子の高さ、響きの楽しさに、思わず声に出して読みたくなる！ 情景を彷彿させる挿絵も多数。

B297
中国名詩集
井波律子

前漢の高祖劉邦から毛沢東まで、選び抜かれた珠玉の名詩百三十七首。人が生きることの哀歓を深く響かせ、胸をうつ。

B298
海うそ
梨木香歩

決定的な何かが過ぎ去ったあとの、沈黙する光景の中にいたい――。いくつもの喪失を越えて、秋野が辿り着いた真実とは。〈解説〉山内志朗

B299
無冠の父
阿久悠

舞台は戦中戦後の淡路島。「生涯巡査」の父をモデルに著者が遺した珠玉の物語が文庫に。父親とは、家族とは？ 〈解説〉長嶋有

B300
実践 英語のセンスを磨く
――難解な作品を読破する――
行方昭夫

難解で知られるジェイムズの短篇を丸ごと解説し、読みこなすのを助けます。最後まで読めば、今後はどんな英文でも自信を持って臨めるはず。

2019. 12

岩波現代文庫［文芸］

B301-302
またの名をグレイス（上・下）
マーガレット・アトウッド
佐藤アヤ子訳

十九世紀カナダで実際に起きた殺人事件を素材に、巧みな心理描写を織りこみながら人間存在の根源を問いかける。ノーベル文学賞候補とも言われるアトウッドの傑作。

B303
塩を食う女たち
聞書・北米の黒人女性
藤本和子

アフリカから連れてこられた黒人女性たちは、いかにして狂気に満ちたアメリカ社会を生きのびたのか。著者が美しい日本語で紡ぐ女たちの歴史的体験。〈解説〉池澤夏樹

B304
余白の春
―金子文子―
瀬戸内寂聴

無籍者、虐待、貧困――過酷な境遇にあって自らの生を全力で生きた金子文子。獄中で自殺するまでの二十三年の生涯を、実地の取材と資料を織り交ぜ描く、不朽の伝記小説。

B305
この人から受け継ぐもの
井上ひさし

著者が深く関心を寄せた吉野作造、宮沢賢治、丸山眞男、チェーホフをめぐる講演・評論を収録。真摯な胸の内が明らかに。〈解説〉柳 広司

B306
自選短編集 パリの君へ
高橋三千綱

売れない作家の子として生を受けた芥川賞作家が、デビューから最近の作品まで単行本未収録の作品も含め、自身でセレクト。岩波現代文庫オリジナル版。〈解説〉唯川 恵

B307-308
赤い月(上・下)
なかにし礼

終戦前後、満洲で繰り広げられた一家離散の悲劇と、国境を越えたロマンス。映画・テレビドラマ・舞台上演などがなされた著者の代表作。〈解説〉保阪正康

B309
アニメーション、折りにふれて
高畑勲

自らの仕事や、影響を受けた人々や作品、苦楽を共にした仲間について縦横に綴った生前最後のエッセイ集、待望の文庫化。〈解説〉片渕須直

B310
花の妹 岸田俊子伝
―女性民権運動の先駆者―
西川祐子

京都での娘時代、自由民権運動との出会い、政治家・中島信行との結婚など、波瀾万丈の生涯を描く評伝小説。文庫化にあたり詳細な注を付した。〈解説〉和崎光太郎・田中智子

B311
大審問官スターリン
亀山郁夫

自由な芸術を検閲によって弾圧し、政敵を粛清した大審問官スターリン。大テロルの裏面と独裁者の内面に文学的想像力でせまる。文庫版には人物紹介、人名索引を付す。

B312
声の力
―歌・語り・子ども―
河合隼雄
阪田寛夫
谷川俊太郎
池田直樹

童謡、詩や絵本の読み聞かせなど、人間の肉声の持つ力とは？　各分野の第一人者が「声」の魅力と可能性について縦横無尽に論じる。

2019. 12

岩波現代文庫[文芸]

B313
惜櫟荘の四季
佐伯泰英

惜櫟荘の番人となって十余年。修復なった後も手入れに追われ、時代小説を書き続ける毎日が続く。著者の旅先の写真も多数収録。

B314
黒雲の下で卵をあたためる
小池昌代

誰もが見ていて、見えている日常から、覆いがはがされ、詩が詩人に訪れる瞬間。詩人は詩をどのように読み、文字を観て、何を感じるのか。〈解説〉片岡義男

2019. 12